DIARIO DE UNA MADRE QUE PERDIÓ SU NOMBRE

Laura Demaría

DIARIO DE UNA MADRE QUE PERDIÓ SU NOMBRE

NOCTURNA
EDICIONES

© de la obra: Laura Demaría, 2024

© de las guardas: Alhovik/Shutterstock
© de la presente edición: Nocturna Ediciones, S.L.
c/ Medea, 4. 28037 Madrid
info@nocturnaediciones.com
www.nocturnaediciones.com

Primera edición en Nocturna: julio de 2024

Impreso en España / *Printed in Spain*
Grupo Adisma

Código IBIC: FA
ISBN: 978-84-19680-73-0
Depósito Legal: M-15346-2024

El papel utilizado para la impresión de este libro, fabricado a partir de madera
procedente de bosques y plantaciones sostenibles, es cien por cien libre de cloro
y está calificado como papel reciclado y ecológico.

Esto tú no se lo dices a Burke.
PEDRO BRAVO Y DAVID GISTAU

Show me the place, help me roll away the stone
Show me the place, I can't move this thing alone
Show me the place where the word became a man
Show me the place where the suffering began.
LEONARD COHEN:
«Old Ideas»

Amar como si también
hubiéramos elegido el dolor.
ANNE MICHAELS:
Buceadores de la piel

Advertencia

Mara:

Las palabras salieron. Se pusieron en fila y ordenaron paisajes, abrieron caminos.

Escribir me hizo volver a mí. Acercarme.

Puede que no quieras leer esto nunca, que con los años resuelvas muchas de las dudas que te atormentan desde que eres pequeña.

Ojalá saques tus propias conclusiones y no tengas que contrastar ninguna versión —llevas demasiado tiempo intentando hacerlo— porque la tuya te valga. Solo la tuya. Si ocurre eso, me sentiré orgullosa de ti.

Estoy convencida de que lo llegarás a entender —no importa cuándo— y dejarás que se evaporen esas nubes negras que pareces llevar siempre pegadas a la cabeza.

Si pasa el tiempo y continúas considerándome culpable de todo, quizá debas abrir este cuaderno. Si te apetece.

Lo que hay en estas páginas es parte de mi silencio. Una parte pequeña que necesitaba sacar a la superficie.

No pretendo usar estos papeles para convencerte de nada. Mientras los escribía, he intentado explicarte quién soy. He llenado las páginas sin perseguir un orden concreto. Los instantes han ido saliendo y se han organizado solos.

Ha sido un alivio. Resultaba una carga demasiado pesada.

Cada día que pasa, irás descubriendo quién eres, qué quieres. Todavía te queda mucho. Ya empiezas a sentir lo importante que es la libertad y lo difícil que es crecer. Cuando crees tenerlo claro, la claridad se esfuma y te sientes confusa, acobardada. Es normal. Te sientes mayor, capaz de comerte el mundo, pero aún te queda mucho por definir y entender.

No tengas prisa. No intentes llegar antes de tiempo a nada. Confía en tu intuición.

A tu edad, la vida parece imperfecta e injusta, pero por otros motivos que no dependen de mí. Que no provoco yo, créeme.

Cuando leas esto, si es que lo lees, habrás entendido el verdadero sentido de la imperfección y la injusticia. Pero lo que sobre todo espero que tengas muy claro es que, por dura que sea la vida, siempre puedes intentar cambiarla. Hacerla digna. Basta con tener valor y un poco de amor propio. Tú los tienes, aunque ahora no lo veas porque estás marcada, mucho más de lo que crees. Algún día lograrás ser tú, no me cabe duda.

Lo tienes todo. Hazme caso.

Te queda madurar y dejar atrás un odio que no es tuyo.

Imagino que Leo querrá leerlo también. Con lo intenso que es, no me extrañaría que se te adelantara. Pero no sé cuánto queda para que esto ocurra, si es que ocurre.

Sé que nunca has tenido dudas sobre cuánto os quiero.

Simplemente deseo que algún día puedas dejar de cobrarme tan caro todo este amor.

Mamá

1
Escandir

(Del latín *scandere*, subir o trepar.
Tr. Métr. Medir el verso, contar el número de pies o de sílabas
de que consta).

Guisantes

He vuelto a hacer guisantes para cenar.

No comemos otra cosa desde hace semanas. No paras de repetírmelo, como si no fuera yo quien los prepara.

Los tarros vacíos llenan la encimera. Cuando se aburre, Leo los pone en fila, en el suelo, y les pasa el dedo para hacer música.

Los veo crecer, amontonarse. Como si fueran material de quirófano sensible. Soy incapaz de tirarlos. Siento que he levantado mi propia trinchera.

Intento saldar cuentas con Mendel. Me da igual que parezca un placebo. Son buenos para la circulación y previenen —dicen— las anginas de pecho. Eso me tranquiliza.

Sé que los guisantes no van a sacarme de aquí. Son un ejercicio. Un trámite automático para no pensar.

En este momento necesito centrarme en tareas repetitivas para mantener la entereza.

Sea como sea, tengo que convertirme en un gen dominante o acabarás conmigo.

No sé cómo se consigue. Confío en que comer guisantes me ayudará.

No soy una simple. No creo en el poder sanador de las cosas. Pero no puedo más. Ya no.

A lo largo de estos meses no intuí que la situación pudiera ir a peor.

Me siento sola. Maltratada de nuevo. Pero esta vez duele más, te lo aseguro.

Quizá dejar que mis pensamientos se liberen sea un modo de resistir. Igual que cocinar vainas buscando en ellas todas las combinaciones posibles, como si fueran salidas del laberinto. Confiar, por qué no, sin bajar la guardia, en que esta situación acabará y dejaré de sentirme una equilibrista a la que la cuerda se le va partiendo a cada paso.

«Tú puedes». Por la mañana, al levantarme, me lo repito frente al espejo. Con los ojos cerrados, por otra mala noche de sueño intermitente y por el miedo que me da afrontar un nuevo día.

Vivo el momento. No tengo más remedio.

Me lavo la cara y vuelvo a decírmelo: «Tú puedes». Esta vez con la mirada fija en ese rostro que no parece el mío aunque lo sea.

Estoy cansada de ser «la adulta». No considero que por ahora esto sea una ventaja. Me has declarado la guerra y tengo que ser firme, morderme la lengua, no mostrarme demasiado dolida para no darte esa satisfacción. Noto tu cara de triunfo cuando me haces daño.

Tengo que ir por delante. No es un partido de tenis, ojalá lo fuera —un rato en la pista y luego cada una a su casa—, pero estoy obligada a romperte el saque, y el juego, una y otra vez. Mara, me intentas convencer de que soy tu contrincante, pero me tratas como a una recogepelotas despistada, como a una piltrafa. No te lo voy a permitir. Para empezar, porque no es justo.

Dudo que las cucarachas coman guisantes. Quizá no comerlos sea lo que las mantiene en sus cabales. A salvo. Las cucarachas son repulsivas, en eso estamos de acuerdo. Pero nacen, crecen, se reproducen, mueren y no se descentran pensando. Todo cuanto les ocurre, ya sea un sentimiento o un control de plagas, lo deben analizar como algo que surge y desaparece por causas naturales. Sin más historias.

¿Por qué Mendel no estudió a las cucarachas?

¿Por qué mezcló guisantes como un loco y confió en su evolución?

¿Por qué nos convenció de la importancia de la genética?

Cada hijo es distinto, es cierto. La diferencia no es una garantía de tranquilidad.

La verdadera maternidad no tiene nada que ver con relojes biológicos ni con teorías.

Nací, crecí y me reproduje. Dos veces.

Desde bien pequeña fuiste una guerrera precoz. Te enfrentabas a mí con una energía impropia de una enana de cinco, seis, siete años. ¡¿Para qué seguir contando?!

No digo que no me quisieras, que no me quieras, pero nunca me lo has puesto fácil.

Es como si te costara demostrarme cariño.

¿Quién te entrenó para ser así?

Nuestra relación nunca ha sido entrañable —como la que tenemos Leo y yo—, al menos por tu parte. No sé si en el futuro nos llevaremos mejor. Depende de ti, Mara. Soy incapaz de pensar a largo plazo.

Discúlpame Mendel, estoy contigo de nuevo. A pesar de cocinar y de comer guisantes, discrepo de tu concepto hereditario. Se me queda corto.

No hablaste de violencia. Ni de odio.

No te preocupaste en encontrar el gen de la manipulación.

Esperaba algo más de ti, parecías de fiar. Un caso entre mil, una reacción.

Algo que me hiciera seguir creyendo en la probabilidad. Seguir creyendo a secas.

Tuviste suerte, Gregor —a estas alturas puedo tutearte—, tus guisantes fueron dóciles.

¿Qué habría pasado si uno se hubiera rebelado y hubiese ido a por ti?

Divorcio

Ha pasado tanto desde aquella decisión...

La historia no funcionaba desde hacía mucho. Aguanté, y no por mí. Por ti, más por ti que por Leo. Sabía que nuestra historia estaba rota y no mejoraría.

Durante esos años sostuve una postura a medio camino entre la contención y la hiperactividad. Me mantenía ocupada. En mi trabajo y con vosotros. Con todos menos con él. No había química ni comunicación entre nosotros. Me sentía incómoda a su lado.

Ha pasado el tiempo. No es una cuestión de días, sino de poso.

Creo que ese momento forma parte de otra vida. Otra de tantas, que siguen flotantes alrededor de mí, como anillos surcando la gravedad.

Ahora pesa menos, ya no duele.

Este tiempo ha conseguido barrer y dejar en otro espacio aquella atmósfera a la que le faltaba oxígeno.

Aunque recuerde, esos hechos han sido cubiertos por una capa de lejanía y se me escapan, como los finales de algunas historias, de muchos libros, de los que pensé que no se diluirían jamás. Porque no contaba con esa distancia.

Es cierto que a veces, sin venir a cuento, me vienen retazos como este.

Una noche, tu padre se empeñó en que Leo se quejaba porque no se encontraba bien. Le despertó hasta hacerle llorar, convencido de que teníamos que llevarle al hospital. Estaba profundamente dormido; lo único que le ocurría es que soñaba en voz alta. Cuando consiguió que Leo se quedara desvelado e inquieto, me lo dio. Como si fuera un paquete. «Haz que vuelva a soñar, tú que sabes tanto».

No tuvo ningún pudor en volver a acostarse, logrando, como siempre, que lo que había provocado no tuviera nada que ver con él.

Tu padre necesitaba decidir, ser el primero en todo lo que le interesaba. No admitió que me divorciara y tuviera tan bien organizada la ruptura. Eso dijo. Qué disparate. Según él, yo no valía. No era necesario especificar. Yo era la nada.

Vuestra tranquilidad era y es mi única preocupación.

Llevaba años tratándome como una inútil que no estaba preparada para trabajar, para encontrar un buen abogado y mucho menos para ser madre.

A pesar de ser una nada por los cuatro costados, él habría seguido conmigo. El colmo de la paradoja —a lo mejor pensaba que él me hacía ser algo—, pero yo no estaba dispuesta a que tuvierais una vida de mentira, a que percibierais su continua falta de respeto hacia mí. A que esa falta de oxígeno os dejara huella.

Dibujos

En aquel tiempo, tu modo de protestar o de dar a entender lo que ocurría era a través de tu modo de andar, de comer o de dibujar. Estuviste una temporada hablando poco. Dando pistas en silencio.

Tenía que estar pendiente para reconocer tus mensajes encriptados y ayudarte a entrar en esta nueva atmósfera, donde la gravedad no se podía medir aún, donde debía ir a tientas, buscando el interruptor de la luz, porque la mayor parte de los días eran noche cerrada. Pura boca de lobo.

Tenía que lograr ser piel de asno: llegar a ti, quitarte el miedo. Hacer del dolor y el vértigo un cuento malo, que no cabía en la estantería ni merecía contarse antes de dormir.

Me enteré por casualidad de que en el colegio te sacaban de clase con cierta frecuencia y te llevaban a un despacho donde te hacían dibujar, mientras una psicóloga examinaba los trazos, quizá los colores, y te dejaba hablar, soltando hilo, como si fueras una cometa con ganas de cielo.

Sin prisa, pero manteniendo su presencia cerca.

No sé si ella se ponía a caminar de un lado a otro de la sala o se sentaba a tu lado, mirando sin mirar el folio que ibas llenando.

Tuve que hablar con la directora. Nadie me había informado. Nadie había buscado mi consentimiento. Tenías muy pocos años y un montón de ruido en la cabeza y en tu pequeño corazón. Tu padre había pedido aquella valoración. Estaba convencido de que estabas siendo víctima del síndrome de alienación parental entre otras muchas cosas.

Puse fin a aquello y a todos los intentos y reacciones que se produjeron de forma constante y bélica durante varios años por su parte: a pie de calle, en las fiestas del colegio, en el portal de casa, en los buzones de los vecinos, en mi trabajo, entre una buena parte de mis contactos profesionales a través de correos electrónicos, burofaxes, mensajes clavados con chinchetas en el portal, puñetazos en la puerta…, tantos que no quiero ser exhaustiva, porque me sigue entrando frío cuando esas imágenes vuelven a mí.

En tus dibujos, de casa torcida con humo saliendo de la chimenea, estábamos los cuatro sonrientes, con las manos y los cinco dedos en cada una de ellas bien separados y estirados. Imagino que eso era para ti la demostración de la felicidad, de estar bien.

Siempre pintabas macetas con las flores más grandes que nuestros cuerpos. Quizá porque querías escapar y ser como Jack trepando por sus habichuelas mágicas.

A Leo le hacías igual de alto que tú y junto a él pintabas un perro y un gato que no teníamos.

Éramos una familia feliz, perfecta.

En un lado de esos dibujos, el sol radiante tenía que competir con una nube de tormenta de la que caían gotas negras.

Las nubes se fueron convirtiendo en una constante de tus dibujos.

En ellos, la única que llevaba paraguas era yo. Lo hacías enorme y tan negro como las gotas de lluvia tempestuosa que caían de la tripa de la nube.

Más que gotas, parecían cuervos o urracas, capaces de arrancar cualquier reflejo para atesorarlo bien arriba, en la copa de los árboles, en algún nido sin acceso. Un nido que no os protegía ni a tu padre, ni a Leo ni a ti, que aparecíais empapados de esa negrura de petróleo que os pesaba y os juntaba los dedos de las manos y se os pegaba a la ropa, que dejaba de tener colores vivos y se volvía terrosa y triste.

Te negabas a hacer redacciones sobre el fin de semana, las vacaciones de Navidad o el verano. No querías contar que tu padre y yo nos habíamos separado. Que tu padre ya no vivía en casa con nosotros. Que le veías lo que planteaba un convenio. Si no lo contabas, no pasaba. Si no lo contabas, podía haber una oportunidad de que todo se solucionara y volviera a ser como antes.

Cuando sacabas este tema, yo lo recogía como si fuera un copo de nieve, con sumo cuidado, y te decía que no había posibilidad de que volviéramos a estar juntos, no como tú querías.

En ese momento de deshielo, me mirabas fijamente y con los ojos brillantes me decías que querías tener esa familia, no esta, porque esta no lo era y nunca lo sería.

Ropa de cama

Me producía vértigo el momento de después de la cena y del lavado de dientes. De la lectura en voz alta de los capítulos del libro que te estuviera leyendo.

Temía cerrarlo; sabía que tenía que hacerlo, pero no era fácil.

Antes de que fuera a apagar la lámpara, te levantabas como una autómata, abrías el armario y empezabas a ponerte camisetas, jerséis o sudaderas de tu padre, más de una. Lo que no te cabía encima lo colocabas debajo de la almohada y alrededor del somier.

Intentaba convencerte de que tendrías demasiado calor y no podrías dormir. Que era mejor que te pusieras el pijama.

Pero no había manera ni palabras suficientes para hacerte entrar en razón.

«Me dijo papá que así estaría más cerca de mí por las noches, que así me protegería de ti».

Con eso zanjabas el tema y te acostabas, como si fueras un iglú dentro de un iglú, la ballena dentro de Geppetto o el lobo dentro de la abuela.

Sí, sé que parece que estoy contando esas historias al revés, pero es que ver cómo te acostabas cada noche me hacía sentir piedras en los hombros, en los ojos. Dentro de mí. Un peso imposible de soportar, pero que tenía que sobrellevar.

Que no debías notar, tampoco Leo. Ni nadie, a ser posible.

Solo yo.

A medida que fueron pasando los meses, la cantidad de ropa de tu padre que llevabas puesta y ocupaba la cama era descomunal. Una montaña cruel que te hacía noche a noche más pequeña.

En cuanto notaba tu respiración acompasada y profunda, intentaba quitarte todas aquellas ataduras. Pero, a pesar del sueño, tu cuerpo se dormía en tensión, rígido; era un músculo en alerta, y me resultaba imposible extender una de tus piernas o tus brazos para desvestirte.

Volviste a jugar con una colección de troquelados en los que se podía transformar a la protagonista, Susi, en domadora, científica, trapecista o bombera.

Los primeros libros de Susi tenían imanes para colocar todas las prendas con las que disfrazar a la muñeca. En los últimos, la ropa y los accesorios ya iban con pestañas flexibles con velcro que se ajustaban perfectamente al cuerpo de Susi.

Rescataste a Mister Potato. Estabas en fase de recolocación, y toda manualidad que te permitiera poner y quitar para volver a poner te relajaba y de alguna manera te preparaba para el día a día.

Me resultaba cada vez más difícil hacerte entender que aquello no era bueno para ti.

Hasta que un día cogí todo, lo metí en bolsas y lo llevé a Humana.

Esa semana no pegamos ojo ninguno de los tres. La cantidad de insultos que soltaste por la boca era infinita. Después de aquella purga, te pasabas las noches hablando por teléfono con tu padre, negándote a dormir, llena de rabia y cansancio.

Tras cenar y lavarte los dientes, cogías el teléfono inalámbrico, entrabas a tu cuarto y cerrabas la puerta.

No decías nada. Ni me mirabas.

Porque yo ya me había convertido en la mala, en la única que tenía paraguas cuando llovía. En la culpable de cuanto pasara.

[sonajero]

Nació para masajear el sueño, para ahuyentar a los espíritus y mandar al miedo tan lejos como pudieran espantarlo unas semillas entrechocando.

Hace más de cuatro mil años ya se usaba en pueblos mediterráneos y de Asia Menor.

Los egipcios lo idearon como elemento mágico, sobre todo para resguardar a los bebés de la enfermedad cuando estaban en la cuna. Era un juguete sutil.

El primero de ellos parece que se hizo con una calabaza seca rellena de piedras pequeñas y alguna que otra pieza de coral, porque se pensaba que este invertebrado contenía poderes sobrenaturales y protectores.

Sonido fino, como de campanillas, para adormecer lo malo. Eso se pretendía.

Los griegos lo llamaban krótalon; los romanos, crepitácula. Los fabricaban con anillas metálicas que se golpeaban entre sí y pendían de un mango de madera.

También podían ser de conchas y, en vez de piedras, se metían huesos de aceituna o canicas. Se fueron amoldando a las costumbres y estilos de las distintas épocas, adoptando nuevos tamaños y formas, dejando de ser piezas artísticas, joyas incluso, que se confeccionaban y pintaban en colores simbólicos como el azul, en el caso de los egipcios, el pigmento de lo espiritual y la conexión con el más allá.

En España, el sonajero era un cascabel, generalmente de plata, que se colgaba en las cunas para proteger a los niños del mal de ojo. Era un artículo habitual en las casas, hasta el punto de que en el siglo XVII el gobierno valoró su importe como bien de primera necesidad.

El sonajero es un recuerdo de que siempre hemos velado el sueño, hemos necesitado calmar nuestros temores, acariciar la naturaleza para que neutralice el vértigo de nuestros pensamientos.

En 2016, en la región de Novosibirsk (Siberia) apareció en una de las casas de un asentamiento arqueológico de la Edad de Bronce, conocido como Vengerovo-2, un sonajero de arcilla. El primero del que se tiene constancia. Tenía la forma de la cabeza de un osezno y una marca hecha con un hueso fino, que según los arqueólogos podía considerarse la firma de su autor o quizá un modo de etiquetar el juguete.

No sé por qué, pero hay algo inconsciente que me hace relacionar a los sonajeros con los péndulos. Con el de Newton en concreto, al que también se llama cuna —¿qué te parece?, ¿intuición o casualidad?—. Este es un artilugio de bolas esféricas impares (lo normal es que sea de cinco o siete, de igual tamaño y masa) colgadas de un marco formado por dos hilos que mantienen igual longitud e inclinación. Una estructura que permite el choque entre ellas de un modo casi elástico.

El actor Simon Prebble ideó este mecanismo en 1967 para demostrar que la cantidad de movimiento y la energía se pueden conservar en el tiempo. Como ya apuntó Isaac Newton en sus leyes (basadas precisamente en el movimiento). Con este péndulo es posible entender la ley de transferencia de energía, que defiende que esta no se crea o se destruye, sino que pasa de un cuerpo a otro. Algo que Jorge Drexler, de forma tan armónica y poética, cantó en su «Todo se transforma».

El primer prototipo de este péndulo se hizo en madera. Era uno de los objetos más vendidos en Harrods como elemento decorativo de escritorio. Quizá es que, más allá del valor ornamental, se buscaba generar un clima de concentración o de transformación sobre esas mesas mientras estuvieran habitadas.

La energía, siempre la energía, a través del espacio y del tiempo.

El escultor y director de cine, Richard Loncraine, lo modernizó cromándolo.

En el péndulo, igual que en el sonajero, la magia empieza a hacer su efecto cuando entra en acción el sonido. Porque en el choque de las esferas, o de los cuerpos minúsculos introducido en el estómago del juguete, parte de la energía de la repetición se centra en la producción/pérdida de ese choque. Y es esa reiteración lo que nos sumerge en una sensación de letargo, de movimiento lineal más allá del tiempo.

Los cascabeles de las serpientes también lo producen. En función del peligro de amenaza que sientan frente a otro depredador, mueven sus sonajeros —secciones entrelazadas de queratina— más despacio, a unos cuarenta hercios, cuando el peligro es lejano; o más rápido, en torno a los sesenta y cien hercios, cuando la amenaza está cerca.

Los humanos no somos capaces de percibir las frecuencias más altas. A nuestros oídos se les escapan esos mensajes y sus matices. Reconocemos una melodía constante, pero no los cambios que el movimiento acechante de los sonajeros proyecta como una señal de aviso. De aquí estoy y allá voy. O quién sabe, quizá a mayor proximidad, mayores normas de cortesía. Hasta que no seamos serpientes o cuadrúpedos, me temo que seguiremos perdiéndonos las conversaciones de los animales, de los árboles. De la naturaleza.

De los sonajeros en la noche de los tiempos.

Muchos de ellos aparecieron en ajuares mortuorios infantiles, pero el hallazgo más emotivo fue el que esperaba durmiente en una fosa de la Guerra Civil, en agosto de 2011, situada debajo de unos columpios del parque de La Carcavilla, en Palencia. Allí, junto a uno de los doscientos cincuenta cuerpos anónimos enterrados, había un sonajero rojo, con forma de flor —cuatro pétalos microperforados lila, verde, rojo y rosa— que olía a alcanfor, como dedujo Fermín Leizaola, un etnógrafo que estaba participando en las exhumaciones y que, cuando lo tuvo en sus manos, le cortó un trozo y lo quemó para que le diera alguna pista.

Esa fue la primera de unas cuantas. Tantas que de aquel silencio de años, huesos y violencia, de tierra y sangre, el sonajero resucitó al esqueleto al que protegía devolviéndole su nombre. Se llamaba Catalina Muñoz Arranz, aunque la llamaban *Pitilina*. Tuvo el pelo y los ojos negros, los pies pequeños y una estatura normal. La mataron con treinta y siete años, el 22 de septiembre de 1936, en Cevico de la Torre, un municipio a pocos kilómetros de la capital palentina. Le dispararon en la cabeza y en el pecho. Para que no le diera tiempo a pensar ni a sentir. Era madre de cuatro hijos. Pero no se fue sola. El sonajero de su hijo pequeño, que en aquel momento tenía nueve meses, se quedó dentro de su delantal.

Aquel día de agosto de 2011, la transferencia de energía volvió a ser ley y no solo aportó una identidad perdida: unió a aquel bebé, Martín de la Torre Muñoz, que en el momento de la exhumación tenía ochenta y tres años, con su madre.

Ascensor

La primera palabra que pronunciaste fue «ascensor».

¿Por qué, entre todos los objetos, elegiste ese? ¿Hasta dónde querías subir? ¿Adónde querías llegar? ¿Te parecían aquellas cabinas ambulantes una representación de los canguros: madres llevando a sus crías de aquí para allá?

La siguiente palabra fue «bolardo».

No eras una niña al uso. Desde luego.

Estábamos tan sorprendidos que entendimos que era tu forma de decir «papá» y «mamá». Nos convencimos de que nos llamarías «As» y «Bol», pero decidiste que éramos «Censor» y «Lardo». Punto. Te gustaban más.

¿Por qué nos empeñamos en entender lo que no tiene explicación? ¿En ser como la mayoría? ¿En imponer nuestro criterio?

Gracias a esa extravagancia, consideraste «padres» a los bolardos y «madres» a los ascensores durante bastante tiempo.

Tu atracción por los bolardos se acrecentó cuando aprendiste a escribir.

Quisiste saber quién era el responsable de cambiarlos cuando encontrábamos alguno roto o vencido por la calle. Te dije que el alcalde. «Tenemos que contárselo para que lo sepa». Te lo tomaste muy en serio.

Cada semana hacías un croquis. Arrancabas una hoja de cuadros de tu cuaderno de Matemáticas y dibujabas nuestra calle y la del colegio. Dos líneas paralelas por calle —no soportabas que te quedaran torcidas, te pegaste buenos mordiscos en la lengua por estar tan concentrada—. Una calle en cada cara. Marcabas con cruces verdes los bolardos que estaban bien y en rojo los que había que reponer. Cada viernes por la tarde lo metías en un sobre «Para el alcalde» y lo echabas a volar en el buzón. Entendías que los bolardos se lo pusieran difícil a los coches, pero no a tus rodillas. Estabas harta de tener que sortearlos.

Con los años pienso que esa propensión tuya a tener los obstáculos ordenados era una señal. Un intento por controlar los imprevistos y no sentirte atropellada.

Tu padre dejó de ser Lardo y se convirtió en papá. Con todas las letras.

Yo continué siendo Censor hasta hace relativamente poco.

Solo me llamabas mami cuando te ponías con fiebre o estabas demasiado cansada. Si no, incluso con Leo, te referías a mí como «ella». Cuando te escuchaba, tenía la sensación de que hablabas de una desconocida a la que no te unía ningún vínculo especial.

Desde hace más de un año, no tengo nombre. Me lo me has quitado.

Usas sonidos bruscos que repites con insistencia cuando quieres algo: «Eh, tú». Así te diriges a mí. Como si fuera la cría de un animal salvaje que tuvieras la obligación de domar y de la que no pudieras permitirte el lujo de encariñarte.

Cada «eh, tú» es un toque de atención. Un modo de decirme: «Espabila, vamos, date prisa. Hazme el desayuno. Dime dónde has puesto el vaquero gris o la camiseta negra o los calcetines nuevos. Fírmame esta nota. ¿Esto es todo lo que hay para cenar? Estírame la manta. No me apagues la luz todavía, ¿no ves que estoy despierta?».

Eh, tú. El imperativo perfecto para alcanzar el anonimato.

¿Se habituó Cenicienta al hollín? ¿Cuánto tardó en recurrir al hada Madrina, las calabazas y los zapatos de cristal?

Cada vez que no —me— llamas, mi cabeza le da al *play* para que suenen los Beatles. Siento que Paul McCartney compuso aquella canción no solo para que Julian, el hijo de John Lennon, superara el divorcio de sus padres. La escribió también para mí. Solo tengo que cambiar «Hey Jude» por «Eh, tú». Nada más. El resto es perfecto. Un himno para no decaer.

Eh, tú, don't make it bad
Take a sad song and make it better
Remember to let her into your heart
Then you can start to make it better

Eh, tú, don't be afraid
You were made to go out and get her
The minute you let her under your skin
Then you begin to make it better

And anytime you feel the pain, eh, tú, refrain
Don't carry the world upon your shoulders
For well you know that it's a fool who plays it cool
By making his world a little colder

Eh, tú, don't let me down
You have found her, now go and get her
Remember to let her into your heart
Then you can start to make it better

So let it out and let it in, eh, tú, begin
You're waiting for someone to perform with
And don't you know that it's just you, eh, tú, you'll do
The movement you need is on your shoulder

Eh, tú, don't make it bad
Take a sad song and make it better
Remember to let her under your skin

Then you'll begin to make it
Better better better better better better

Quizá te gustaría que me pusiera a tu nivel e intentara borrarte, pero no voy a hacerlo. Tienes una identidad. ¿Quién soy yo para quitártela?

Eh, Mara, escucha, no (te) tengo miedo.

La mayoría de las cosas que estoy contándote son duras.

Difíciles de asimilar, pero eh, Mara, no quiero que me salga un relato triste.

Quiero llegar a ti.

Estoy dispuesta a insistir lo que haga falta para soltar el peso que hay sobre tus hombros.

También sobre los míos.

Y transformar tu dolor en algo bueno.

Eh, Mara, espero conseguirlo.

Aún me queda lo más importante y bastante cuaderno.

Por mucho que te hayas empeñado en dejarme sin nombre, seguiré luchando para que entres en razón.

A estas alturas deberías saber que un ascensor no se da por vencido tan fácilmente.

Flores

En aquella época compraba flores todas las semanas. ¿Te acuerdas?

Necesitaba tener rastros naturales que me recalcaran el valor de lo efímero, la constancia de las raíces y los tallos, su relación con el agua.

Ver cómo crecían y buscaban la luz me permitía variar el foco. Observar. Descubrir sin tener que prever nada. Solo mirar y sentir el destello de algo que vive y muere con la fluidez del aire, que resiste un ciclo y otro.

Compraba plantas de interior. Las de exterior no me interesaban.

Buscaba construir el núcleo de mi átomo. Consideraba que la frágil resistencia de las flores era una asignatura imprescindible para dejar de ser yo y aprender a verme desde dentro, sin juzgarme tanto. De la misma manera que cuidaba y observaba los cardos, los tulipanes, el eucalipto o la mimosa. Sin entender de tipos de hojas ni de nada parecido a la jardinería.

Allí estaban los esquejes en pequeñas botellas o en vasos traslúcidos. Los ramilletes en jarrones de cuello estrecho, cautivando la energía de las habitaciones. Dando calma, valentía. Belleza. Nunca he dejado de buscarla, Mara. La belleza equilibra, te lleva lejos y, a la vez, te ayuda a encontrar atmósferas. Exalta los sentidos y rebaja lo feo, lo terrible y lo inútil. La belleza concilia. Relata, atrapa y lo mejor de todo, perdona.

Mis floristas eran mis médicos de cabecera. Con cada compra me regalaban unos sobres con «polvos mágicos» para que las plantas duraran más.

En mis días más bajos, que fueron muchos, sentía la tentación de diluir uno de esos sobres en el primer café para ser más resistente y no troncharme. Para no quedarme sin agua.

[silfio]

Fue ungüento, perfume, afrodisiaco, condimento y medicina todoterreno para los egipcios, minoicos y romanos. Parece que poseía una versatilidad casi absoluta para curar la tos, la fiebre, los problemas estomacales, las mordeduras de perro, incluso las verrugas y las hemorroides. Para los griegos, además, fue un método anticonceptivo y abortivo de referencia.

Cuentan que una de las profecías del Oráculo de Delfos fue guiar en el 632 a. C. a un grupo de griegos inquietos desde la isla de Thera hasta un espacio de tierra situado entre Cartago y Egipto, que denominaron Cirene y que se convirtió en una colonia próspera gracias a la exportación de esta planta silvestre. Fue tal su éxito que lo que empezó siendo un tributo a a la población nómada libia se convirtió en un monopolio sólido gracias a la acción de los Batíades, los soberanos de aquella nueva tierra.

La fuente de extracción natural del silfio fueron las islas de Platea y Sirte, situadas frente a la costa, en la parte más seca de la meseta Jebel al-Akhdar de Libia, una región fértil y boscosa.

Heródoto, Teofrasto y Plinio el Viejo, entre otros, dieron buena cuenta de ella en sus escritos, como ingrediente culinario, medicinal o incluso textil para guarecer al ganado.

Fundamentalmente se comercializaba como producto procesado. El zumo resultante de extraer la resina del tallo y la raíz se dejaba secar para que se solidificara y se mezclaba más tarde con harina. El aspecto final del silfio era rojo claro y su conservación y transporte se realizaba en vasijas, aunque también se usaban fardos.

Resultó tan importante que desde finales del siglo VI hasta el III a. C se acuñaron monedas con su imagen. En ellas se mostraban sus raíces largas, su tallo grueso, estilizado, con estrías y flores que se expandían a modo de abanico, donde se hallaban semillas y frutos comestibles en forma de corazón. En estas monedas también se incluía la inscripción KIPA, identificativa de Cirene, que se alternaba a veces con el rostro del dios Zeus-Amón, al que se mostraba con cuernos de carnero, y a veces con la reproducción de la ninfa con el mismo nombre de la región de la que era emblema.

Los romanos consideraron que su valor era similar al del oro y la plata.

Lo malo de las plantas milagrosas como esta es que el consumo desmedido acabó con ella entre el siglo I a. C. y el I d. C., aunque también pudo deberse a un exceso de pastoreo o al proceso de desertificación que fue sufriendo paulatinamente el norte de África. Según confirmó Plinio el Viejo, el último ejemplar vivo de silfio lo recibió Nerón en el año 60 d. C. Julio César, conocedor de que la panacea se acababa, escondió más de media tonelada para su uso y disfrute. Privilegios de unos pocos. Nada cambia.

Su extinción no la hizo desaparecer de las memorias botánicas ni médicas de la época. Su fama y su uso (a partir de plantas de su misma familia) se extendió hasta la Edad Media.

Se dice también que la forma de corazón de sus semillas es el origen del símbolo del amor. Algo etéreo, que no necesita traducción. Que se ha enraizado en nuestro imaginario sin que la mayoría conozca su origen, su valía, los kilómetros de agua salada y cielo que acompañaron sus viajes por aquel mundo, por tantos cuerpos perfumados, sanados y alimentados gracias a él.

Dientes

Acabo de atender una llamada del más allá.

Eva, la comercial de una compañía de seguros, quería venderme una póliza de fallecimiento inigualable. En precio y garantías. Le he dicho que no me interesaba, que ya tengo una. Que la contraté con el banco, pero Eva no se da por vencida. «Perdona que insista, pero es que no creo que su seguro de defunción le ofrezca consultas al dentista gratis».

Lo primero que pensé fue que al otro lado del teléfono tenía a alguien del equipo de Broncano gastándome una broma, pero al notar la seriedad en la voz de Eva, supe que aquella oferta era real, que la propia Eva acababa de firmar el seguro y de beneficiarse de una primera limpieza bucal.

No quise ser desagradable, no había sido idea suya lo de convencer a los muertos potenciales para que se cuidaran los dientes.

«Perdóname, pero la oferta me parece el colmo del disparate». Me callé porque tuve la intuición de que Eva, que quería mantener su puesto de trabajo como fuera y habría estudiado el tema en profundidad, me comentaría que cuando soñamos que se nos caen los dientes es porque nos da miedo morir. «No me interesa. Además, también tengo seguro dental. Lo siento».

Y colgué, convencida de que la manzana no había sido la responsable del pecado original. O quizás sí, porque dicen que comerla limpia y blanquea los dientes. Por lo tanto, dejándome llevar por la euforia del descubrimiento, llegué a la conclusión de que la manzana fue el primer odontólogo.

Últimamente tenso la mandíbula al dormir. No me faltan motivos.

De madrugada suelo despertarme y me digo: «Relájate». Abro y cierro unas cuantas veces la boca y, después de este ejercicio tan automático, vuelvo a caer dormida. Sé que es así porque a diario me levanto con agujetas. Como un velocirraptor recreado en 3D, que se para lentamente mirando a cámara.

De camino a la cama, cuando entro en tu cuarto a apagarte la luz, veo que estás despierta. «No puedo dormir. Se me mueven dos muelas. Mira». Abres la boca y me coges un dedo y lo llevas al lugar de los hechos. Una está arriba, la otra justo debajo. Chocan entre sí. Están sueltas de un lado. Quizás compiten y se chinchan para ver cuál de las dos abandonará el hogar antes.

«Me sangran cuando me lavo los dientes. Me da miedo tragármelas. No apagues aún la luz».

Tumbada de lado, casi en posición fetal, después de ajustarte por enésima vez la colcha y la sábana, pareces inofensiva.

Antes de que salga de la habitación, me pides que me acerque. «Cuando se me caigan, que no venga el Ratón. Eso es de pequeños».

«Pídele entonces que lo que te traiga me lo deje a mí, anda». «Tú misma. Sí que debes de estar mal de pasta para robarle unos euros a tu hija. Debería darte vergüenza».

«¿Robarte?».

«Bueno, no sería robar. Como eres Pérez, el dinero es tuyo, vale, solo que no me lo das. Mal hecho en cualquier caso. ¿Qué ha pasado con esa obsesión tuya de que debemos ser generosos?».

Resoplo sin hacer ruido. No tengo ganas de enzarzarme con ratones a estas horas. Me muero de sueño.

Dientes. Malditos roedores.

Cuando me acuesto, noto la mandíbula preparada para hacer de las suyas. ¿Qué estarán haciendo tus muelas? ¿Y Eva? Me la imagino pasándose el hilo dental con la puerta del baño abierta mientras su novio le pregunta cuántos seguros ha vendido hoy. Ella tarda en contestar porque está acabando con toda la placa bacteriana. Eva lo sabe bien. La muerte comienza en la boca.

No me dio tiempo a más. Fundido en negro. Me quedé dormida.

Metamorfosis

Empezaste a convertirte en otro ser.

Diste de lado a tus amigos de siempre. Niños educados, inquietos, divertidos, con los que tenías un montón de cosas en común —o eso creía—, que sacaban buenas notas. Como tú.

Fue a partir del segundo trimestre, cuando te pusieron al lado de Aroa.

Ella te abrió un mundo que te sonaba por las redes, la televisión y el cine, pero nada más.

Aroa vivía con su abuelo y sus cinco hermanos. Su madre bebía a todas horas. La llamaban «el ente» porque no hablaba, deambulaba de aquí para allá como un bulto cargado de mala energía. Cuando tenía resaca, les lanzaba las botellas que iba dejando vacías. Aroa y sus hermanos se metían debajo de las literas para no ser abatidos. El apartamento se acababa pronto. No había muchos sitios donde esconderse. Su madre los buscaba arrastrando los pies con un arsenal de vidrio en cada mano. A veces, cuando se quedaba sin nada que tirar, cogía el cajón de los cubiertos. Ellos solían echar lavavajillas por el suelo para que su madre se escurriera antes de pillarles.

El día que le clavó a Aroa el cuello roto de una litrona, su hermano mayor llamó al abuelo para que fuera a recogerlos. No la han vuelto a ver.

Su padre no era mejor. Los abandonó. Solo coincidieron con él en el entierro de la abuela. Ni siquiera se acercó a saludarlos. Cuando el ataúd se quedó cubierto de tierra, escupió y se dio unos toques en el pecho como si fuera Tarzán. A menos de diez pasos estaban Aroa y sus hermanos. Él les regaló una sonrisa de orgullo mientras se recolocaba la camisa arrugada y tiñosa.

Al abuelo se le llenaron los ojos de lágrimas; le abrazaron para que no se sintiera tan solo contemplando a aquel hijo loco que celebraba con furor la muerte de su madre.

Todo esto me lo has contado tú. Esto y que Aroa desobedecía, gritaba a los profesores. Que le gustaba escaparse del colegio y buscarse problemas. Que había empezado a fumar. Tabaco de liar como aperitivo que remataba con alguna litrona.

Ella te introdujo en un universo desolador formado por unos cuantos críos, con la vida igual de destrozada que la suya, a los que convertiste en tu familia.

Con aquella bomba de relojería tan cerca, debiste de considerar que tus amigos de siempre eran dóciles y aburridos. Les borraste de tu vida de un día para otro. Juan y Sara no entendieron por qué, pero se cansaron de acercarse a ti, de llamarte. O no les cogías el teléfono o les decías que no, sin más, y colgabas. No te interesaban.

Dejaste de ser tímida y empezaste a hablar como tu «nueva familia», a montar numeritos en clase, a reírte de forma escandalosa, a provocar y a preocuparte de aspectos que no tenían nada que ver con tu forma de ser ni de vivir.

Mutaste en una especie de guardiana poligonera de esos niños perdidos, que no sabían quiénes eran, pero que tenían un *cum laude* en malos tratos y supervivencia a palo seco.

Soy capaz de entender lo que veías en ellos. Te daban pena. Incluso entiendo que quisieras protegerlos y, en la medida de tus posibilidades, darles cariño y algo mejor de lo que tenían. Les ayudabas con los deberes. No parabas de hacerles regalos —el poco dinero que tenías te lo gastabas en ellos—. Da igual que les compraras chucherías o cualquier capricho que les hiciera ilusión. Les diste ropa y zapatos que apenas habías estrenado y que desaparecían de repente.

No desapruebo eso. Lo que no me gustó fue la intensidad con la que los tratabas, esa idea de pertenencia que generasteis y mucho menos la confusión mental que te causaron.

A tu padre tus nuevos amigos le parecieron seres del mundo real. Para mí eran heridos. Habitantes de un desarraigo que no consideraba que tuvieras que conocer ni compartir tan a fondo. Tampoco Leo. Y menos de esa manera. Dejando atrás lo que debería ser: como mínimo, una etapa ingenua y dulce. Un bálsamo para la etapa adulta que duraría para siempre jamás.

Tu padre los adoptó. Eso me decías. Dormían en su casa los fines de semana que le tocaba estar con vosotros. Los incorporó a todos vuestros planes: viajes, cines, conciertos, y tardes de montar en bici por la sierra. Se ganó su confianza. Lo llamaban «tío Tom».

Tus notas dejaron de ser brillantes. Te conformabas con aprobar por los pelos y la tomaste con una profesora que no se permitió dejarte caer. Tu rebeldía fue en ascenso. Te saltabas las clases que no te gustaban. Primero dejaste de prestar atención y de hacer los ejercicios. Como los profesores seguían contando contigo, optaste por menospreciar su forma de enseñar. Después, dejaste de ir. A saber dónde te metías. No entiendo cómo no eran capaces de encontrarte.

Te expulsaron una semana. Fue tu tutora la que me informó y me enseñó los partes. Sabía que te estabas torciendo, pero no creí que ya estuvieras en ese nivel. No me habías contado nada y, cuando saqué el tema, ni te inmutaste. Solo susurraste: «Mienten. Son ellos los que me tratan mal, los que no me soportan. Allá ellos. No pienso defenderme», y volviste a colocarte los cascos.

La música era tu escudo protector. Tu campana de vacío para silenciarme cuando no tenías ganas de hablar o de soportar lo que te decía.

Pasaste de ver cine clásico e *indie*, que disfrutábamos juntas los fines de semana mientras Leo se quedaba dormido en el sofá, a encontrar interesantes programas como *Mujeres y hombres y viceversa*. ¿Cómo puede cambiar alguien de un modo tan drástico?

«Me entretiene. Eh, tú, ¿algún problema?» me preguntabas cada vez que te veía enganchada a ese espectáculo de gritos y ordinariez, llenando de migas el sofá, como si me estuvieras ayudando a memorizar la Declaración Universal de los Derechos Humanos.

Yo te dejaba decir aquel mantra y luego apagaba la televisión. Estabas demasiado contaminada como para seguir consumiendo esas muestras de un mundo grotesco y con unos personajes vacíos a más no poder. Sabía que lo seguirías viendo en el móvil, en tu habitación, pero no delante de mí.

Eso te ponía rabiosa. Tanto, imagino, como uno de esos ninis que mostraban sus miserias en horario de máxima audiencia.

«Eres una bruja».

Se te llenó la boca. Esa vez me llevé el mando de la televisión a la cocina. Estaba preparando la cena. Te pusiste a chillarme desde el salón. Sabes que no soporto los gritos.

«Bruja, mira que eres simple. ¿No sabes que no necesito el dichoso mando para encender la tele? ¿Qué vamos a cenar?».

No recuerdo bien lo que hice. Es lo de menos. Sí sé que no te gustó. Me acuerdo de que te levantaste de la mesa y te negaste a cenar «esa mierda de cafetería cutre».

Me gusta cocinar y se me da bien.

No te puedes quejar. Tienes siempre horchata y leche de arroz. *Mousse* de chocolate y flanes de vainilla. Y nata montada para el café y la fruta. Y chorizo y jamón serrano para hacerle bocadillos. Es rara la semana que no preparo hummus, uno de tus platos favoritos. O salmorejo. O pollo al horno. Podría seguir elaborando una lista de recetas y de alimentos. No serviría de nada. Sería un gasto absurdo de tinta. Así que prefiero resumir tu impertinencia de un modo tajante y decirte que no, que en casa no comes como en una cafetería cutre. Si estás tan convencida, deberías empezar a frecuentar durante una temporada esos sitios sin extractor, que no cambian el aceite cuando fríen, para aprender a valorar lo que tienes y te permites el lujo de despreciar.

Leo y yo seguimos cenando. Te has metido en tu cuarto dando un buen portazo, pero a los pocos minutos sales y enciendes el televisor. Nueva provocación. Voy a comprobarlo. Supernanny está entrando en una casa. Apenas se ha quitado el bolso mientras una niña gorda y malhablada le da empujones a su madre. Le pregunta si sabe quién es y le dice que sí, sin dejar en paz a la pobre mujer, que duda si ponerse a llorar o gritar a su hija delante de la cámara.

Te ríes de la escena tirada en el sofá.

Me acerco al televisor y lo apago.

«Veré *Supernanny* si me da la gana».

«Creo que no». Me siento a tu lado.

«¿Has terminado ya de cenar?».

«Sabes que no».

«Pues vete, bruja, y deja de darme el coñazo».

No me muevo. Si te sale de las narices, te levantarás y encenderás la televisión.

Confío en que no lo hagas. En que no vuelvas a ponerme a prueba.

Leo me salva sin saberlo. Ha recogido los restos de la cena. Quiere ver *Boyhood*.

Tú no la has visto entera.

La ponemos. Leo no resiste y se queda frito. Le tapo con una manta.

Me miras: «¿Algún problema?».

No contesto. Me concentro en la pantalla.

En una de las ventanas del balcón me encuentro con mi reflejo. Mi silueta es una sombra empequeñecida. No tiene nada que ver con la luz ni con los efectos ópticos.

Fuera está tan oscuro como aquí dentro, aunque las lámparas estén encendidas.

Siento frío. Es una mezcla de cansancio y preocupación que ya empieza a resultarme conocida y que por el momento no soy capaz de mitigar.

Me gustaría que la película no acabara nunca. Que te quedaras dormida como tu hermano. Que me dejaras en paz por unas horas.

Explicaciones

Desde que tomé la decisión de separarme de tu padre hasta el día de hoy has querido saber «por qué lo eché de casa, por qué contraté abogados, por qué no te dejaba verlo más». Preguntabas cosas que no eran propias de tu edad, usabas palabras que no entendías, que soltabas como una cotorra indignada.

Esas preguntas no eran tuyas.

Manejabas una información que no era real, pero creías que lo era y luchabas por entender y resolver aquel paquete enorme de injusticias.

No he respondido a esas preguntas, lo sé. Constantemente te digo que a medida que seáis mayores hablaremos o no hará falta porque lo entenderéis. Jamás me he salido de la única explicación, la que conoces hasta la saciedad porque te la he repetido muchas veces, la de que «cuando uno deja de querer a alguien que ha querido mucho y que es importante, tiene que asumirlo y tomar una decisión como la que tomé, para que todos estemos bien». También os he dicho hasta la saciedad que esta no es una historias de malos y buenos.

No hay malos. Hay sentimientos y responsabilidades. Como madre, he querido contaros que el amor y el respeto no se pueden falsear, ni se pueden mantener a golpe de discusiones y amenazas. Como madre, apuesto por educaros en la libertad y en la verdad. Parece muy manido y cursi, pero es cierto. Si yo hubiera aguantado una relación que sabía que no era la que necesitaba porque me anulaba y me hacía daño, ¿qué ejemplo de amor os habría dado a Leo y a ti?

Es aterrador estar al contraataque, te lo aseguro. Repasar las tablas de multiplicar mientras me hablas de pensiones o de hipotecas es un malabarismo no apto para nadie. Ver cómo cada día te cierras más a mí. Eres una niña teledirigida. Una hija por control remoto. Ocupas un espacio en el que no estás, y cuando no estás físicamente, me dejas vacía.

Da igual el día, si hace calor o frío, si es fin de semana. Sigues siendo pequeña.

Pero, a pesar de esa pequeñez, eras una cámara acorazada. Inaccesible. Siempre fría. Con la mirada en un punto que no era el presente, un lugar en el que no estaba yo y parecía tomado por la bruma.

Una dimensión en la que no podías mostrar debilidad.

Me pilló desprevenida cuando rompiste a llorar desconsolada aquella tarde en la piscina. No entendí qué había pasado.

Las teselas brillaban y estabas guiñando los ojos, pero no era por los fluorescentes ni por el cloro.

El llanto pudo contigo. Te hizo temblar sin oponer resistencia. No sé durante cuánto rato.

«¿Qué te pasa? ¿Por qué lloras? ¿No te encuentras bien?».

«Es que no quiero aprender a hacerte daño».

Pero ya me lo hacías.

Era lo último que me imaginaba escuchar. Que te enseñaban a ser así.

Te saqué de la piscina y te abracé. Como se abraza el mar o una manta cuando echas de menos el verano por mucho que intentes permanecer en él.

[mando a distancia]

Dar con la tecla, encontrar el modo, el momento, la palabra. No dar pistas. Percibir.

Eran tantas las pautas que me planteaba para hacerte frente que me hubiera gustado tener un mando a distancia, o mejor dicho: ser yo ese mando, con los canales bien programados, para ir al grano y no perderme en otras cosas que iban surgiendo mientras tanto.

Yo quería ser un mando a distancia. Capaz de conocerte y de doblegarte, de hacerte ver que no podías seguir siendo por mucho más tiempo un monstruo colérico y agresivo, porque ser así no te iba a llevar a ningún lugar bueno.

Sé que ahora, con la inteligencia artificial, el wifi y el bluetooth, el mando a distancia parece un artilugio prehistórico.

Hay que remontarse a 1903, cuando el ingeniero español Leonardo Torres Quevedo ideó, construyó y patentó el primero. Era un armatoste tan grande como una mesa. Nada que ver con el aparato que conoces, el que va con pilas y nunca encuentras cuando quieres ver la televisión porque la mayor parte de las veces se queda hibernando en las profundidades del sofá.

Lo llamó telekino y lo inventó en un principio para controlar el movimiento de dirigibles y garantizar la seguridad de los pasajeros, pero terminó aplicándolo a embarcaciones.

Lo de las embarcaciones ya lo había logrado años antes, en 1898, Nikola Tesla, en la primera Exhibición Eléctrica organizada en el Madison Square Garden de Nueva York, con un Teleautomaton, un pequeño bote controlado por radiofrecuencia.

Tesla patentó esta idea, aunque no dio detalles de su elaboración porque no quería que se la copiaran como le había pasado otras veces. A pesar de haber sido el primero en pensar en algo así, Tesla no figura como el inventor del mando a distancia. Torres Quevedo ha pasado a la historia como el padre de este artilugio.

Su primer conejillo de Indias fue un triciclo al que hizo avanzar, retroceder y girar, a través de un transmisor de telégrafo inalámbrico. De ahí pasó a querer mover barcos con el telekino. No tardó en hacerlo. Fue en 1907, en el puerto de Bilbao, con el *Vizcaya*, un yate con ocho pasajeros a bordo, que movió a su antojo. En ese momento, fue considerado un hallazgo de la ingeniería. Un año más tarde, Torres Quevedo hizo la presentación oficial del invento, de nuevo en Bilbao y en presencia del rey Alfonso XIII.

El telekino permitió aplicar sus funciones a aeroplanos, misiles durante la Segunda Guerra Mundial y a pequeños electrodomésticos.

En 1950, Zenith Radio Corporation inventó el primer mando a distancia para la televisión: un cable conectado al aparato. En 1955, la compañía perfeccionó la idea con el Flash-Matic. El mando empezaba a cobrar una forma más reconocible. Era una linterna que permitía cambiar de canal, a través de la luz emitida por el mando hacia una célula fotoeléctrica del televisor. Un año más tarde, en 1956, Robert Adler dio con una fórmula mejor, el Zenith Space Command, que permitía regular el volumen y los canales a partir de un mando autónomo que emitía ultrasonidos. La idea parecía funcionar, hasta que surgieron quejas de muchas personas con el oído muy fino que percibían unas frecuencias reiteradas y molestas.

Como les pasa a la mayor parte de los seres adelantados, su invento fue bien recibido, pero no reunió los apoyos suficientes para ponerlo en marcha a gran escala. Pero Torres Quevedo había nacido para inventar, así que desestimó este proyecto y se puso a dar forma a otros. Una de sus creaciones más famosas fue un transbordador que probó en el monte Ulía, de San Sebastián, en 1907. También conocido como Spanish Aerocar, este invento sí cuajó y desde 1916 funciona en las cataratas del Niágara. Pero no se quedó ahí: la mente de Torres Quevedo siguió inventando, entre otras cosas el primer juego de ordenador de ajedrez y el aritmómetro electromagnético, la base de lo que sería la calculadora digital.

Admiro a los seres que tienen la capacidad de ver antes que nadie objetos y realidades. Ojalá mi cabeza y la red neuronal de mi cuerpo estuvieran conectadas en algunos momentos para recibir los estímulos necesarios y dar con la tecla, con la tuya, y serenarte. Nunca he creído en decir ni en pensar que «todo va a salir bien», esa frase que desde la pandemia se repite como presagio y amuleto. La detesto. En mí provoca el efecto contrario. El mismo que cuando estoy nerviosa y alguien cercano me dice con su mejor intención «tranquila», y es justo entonces cuando me arrebato hasta límites insospechados solo por oír ese mantra de manita hueca rebotar en mi oído.

No sé cómo saldrá, Mara. No sé cómo saldremos, pero lo importante es que salgamos de esta y de las que vengan, que consigamos que los demonios sean minúsculos, que no tengan nuestra atención, que no nos den miedo porque los conozcamos muy bien y no nos impresionen.

Yago

Te fijaste en un nuevo niño perdido. El más conflictivo, cómo no.

Era más pequeño que tú. Creo que por lo menos un año. Bajito, delgado, con una ceja rota y los ojos casi transparentes.

Coincidías con él en el recreo. Salías de las últimas para estar un rato tonteando con él antes de que cogiera el autobús.

Te dedicaste a poner Y de todos los tamaños en tus libros y dentro de tus cuadernos.

Leo no dejaba de canturrear: «Te gusta Yago, a Mara le gusta Yago» cada vez que te veía escribir notas y doblarlas hasta hacerlas minúsculas para que te cupieran debajo de los puños del jersey. Te quitó alguna e intentó leerla en voz alta, pero siempre eras más rápida y se la arrebatabas maldiciendo, ruborizada.

«Mírate la cara. Te gusta Yago. A Mara le gusta Yago y no lo puede disimular».

«Cállate o te reviento la cara».

Leo no te escuchaba. Se llevaba las manos alrededor de los mofletes y ponía boca de pez para decirme: «Qué macarra está hoy, mamá. Paciencia».

Dolía ver los mensajes de Yago. Había haches donde menos te lo imaginabas y uves como si fueran señales de victoria en palabras que no la merecían. La ortografía era una señal de su orografía: Yago era duro como una montaña, un superviviente en una vida de acogida que dejaba mucho que desear.

Mientras esperaba a que salierais, le observaba a lo lejos. Se quedaba en mitad del patio, con la mochila entre las piernas —tenía un tic en la derecha—, mirando fijamente la puerta de tu clase. Cuando se abría, se daba la vuelta y hacía que jugaba al fútbol con algunos de sus compañeros, para que no notaras que estaba pendiente de ti. Hasta que tú le dabas en el hombro. Entonces se giraba. Así cada tarde.

A tu lado siempre iba Aroa. Como una celestina, os repartía las cartas que os habíais escrito el uno al otro a lo largo del día.

Pensabas que no me daba cuenta. Cogías muy rápido tu trozo de papel y te lo guardabas sin levantar la vista. Como si de esta manera pudieras evitar que yo lo viera.

En ese tipo de cosas me seguías pareciendo pequeña. Pero la impresión duraba poco. Tu cuerpo ya tenía curvas. Hacía un año que usabas sujetador, que tenías la menstruación. Eras muy alta. A Yago le sacabas más de una cabeza.

Es normal que los niños se fijaran en ti. Pero ¿por qué tuviste que fijarte precisamente en ese? ¿Qué le viste aparte de problemas? Pensé que «tus novios» tardarían más en llegar.

Me prometí que no iba a ponerme a comparar tu adolescencia con la mía. No tenía sentido. Todo había cambiado demasiado. El mundo parecía haberse vuelto precoz y frívolo.

Aroa salía con Jon, que tenía diecisiete. ¿No era demasiado pronto? ¿No era más sano practicar algún deporte, aprender un idioma o a tocar el piano o la guitarra eléctrica? ¿Alargar todo lo posible la edad del pavo?

Una tarde no te acercaste a él. Saliste sola. Tenías mala cara.

Sabía que no debía preguntarte. Ya me lo contarías si te apetecía.

Fuimos hablando con Leo hasta casa de sus deberes de música y de la redacción que tenía que hacer de un libro sobre osos polares.

Al ver que no venías a merendar, fui a buscarte. Estabas tumbada bocabajo en la cama, con la almohada sobre la cabeza. Llorando.

Tardaste en sentarte y en decir algo. El llanto no te dejaba hablar. Cuando te tranquilizaste un poco, te pusiste a soltar nombres de chicas. Uno tras otro. Me costaba seguirte. Aixa, Pepa, Thais, Elena, Katia, Betty y Eugenia. ¿Qué pasaba con ellas? Las conocía, a algunas de vista, a otras de historias que me habías contado. ¿Qué habían hecho? ¿Se habían metido contigo?

Logré que te explicaras. Yago llevaba meses saliendo con todas, aparte de contigo. No te lo había dicho. Te habías enterado en el recreo. Aixa te confesó que estaba embarazada de tres semanas de él. «De ese cabrón al que no le gusta follar con preservativo».

¿Por dónde empezaba a preguntarte?

Sentí pavor. ¿Te habías liado también con Yago? ¿Y con cuántos más? ¿Dónde? ¿Cuándo? ¿Tomabas precauciones?

Habíamos hablado muchas veces de este tema. Leo se lo tomaba muy en serio, y eso que era un pequeñajo. Decía que a vuestra edad teníais que estudiar, que esa era vuestra única obligación. Bueno, y ayudar un poco, y tener ordenados vuestros cuartos. Cuando terminaba de recalcar aquello, me respondías con cara de superioridad: «¿Qué te crees, que me muero de ganas de cambiar pañales? Pues claro que no me voy a quedar embarazada. No soy tan tonta. Ni ahora ni dentro de muchos años. No quiero tener hijos».

¿Sirven de algo esas convicciones a la hora de la verdad?

Creo que no, que a veces las circunstancias deciden por uno. No es cuestión de sangre fría ni de madurez. Simplemente pasa.

Yago te entró como una fiebre.

Muchas cartas, sí. Pero el embarazo de Aixa te hizo ver la realidad. Te sentías traicionada. Pensabas que eras la única. No sabías qué iba a pasar con él. En el colegio desconocían el asunto por el momento. Temías dejar de verlo. Pero había estado todo este tiempo con las otras seis y lo había fastidiado dejando embarazada a Aixa.

¿Cómo que lo había fastidiado todo? ¡Por el amor de Dios, Aixa también tenía quince años! A esa edad las niñas no debéis tener hijos.

Los padres de Aixa decidieron que su hija tendría el niño. Eran del Opus. Defendían que era una vida sagrada con la que no podían acabar. ¿Cuál era más sagrada, la de la criatura o la de su madre, que aún no entendía qué había significado la Revolución Francesa, por poner un ejemplo de lo que estabais dando en clase?

Los padres de Yago le cambiarían de colegio el próximo curso. Eso anunciaron.

Yo le hubiera hecho una vasectomía, además. Que fuera a otro centro no solucionaba nada.

Cuando supo que le quedaban pocos meses, se dedicó a perseguirte, a llenarte la cabeza de promesas de amor eterno. A cargarse pares de zapatos contra las bases de las canastas de baloncesto porque no le hacías caso, por mucho que él intentara llamar tu atención.

La última semana de curso, mientras los demás comíais, Yago completó la obra que había empezado en clase. Se había escrito tu nombre en el dorso del brazo hasta hacerse sangre con un bolígrafo. Cogió un cuchillo y lo fue hundiendo letra por letra en la piel, llevándose por delante tendones, tejidos y venas.

Obligó al resto de la mesa a permanecer callado comiendo mientras terminaba.

Hasta que no se desmayó sobre el plato, los responsables del comedor no se dieron cuenta.

La ambulancia no pudo hacer nada.

Yago se desangró antes de llegar al hospital. Tu nombre estaba por las sábanas, por la camilla. En el pijama del médico que le atendió.

Tú también te habías pintado su nombre. También lo habías hecho sangrar con la punta de una horquilla. Pero no te atreviste a ir más lejos.

No te dejaron entrar en la ambulancia. Te dieron un calmante, te curaron la herida para que no se infectara y me llamaron.

No dejaste de tocarte el brazo vendado en toda la tarde. De mover la cabeza porque no podías creerte lo que había pasado.

No cenaste nada. Tenías arcadas.

Aquella noche me acosté contigo. No paraste de temblar y de llamarlo.

Permanecí alerta, como un centinela. No me fiaba de que te levantaras e hicieras lo mismo que Yago. Te abracé todo lo que me dejaste. No te solté la mano. Intenté calmarte como pude.

Estando allí, deseando parar con mi cuerpo el horror que tenías tan cerca. Evitar que se pegara a ti y te llevara dondequiera que fuese. Y a mí contigo.

Tinta

Me costó elegir el cuaderno. No quería escribir en folios sueltos. Necesitaba un cuerpo, una limitación. No se trataba de abrir un grifo, sino de hablar para mí, de conversar contigo, sin interlocutores ni tiempo.

Opté por un cuaderno de hojas recicladas gruesas, que permitían que la tinta permaneciera y no se transparentara. Demasiados borrones tenía en mi cabeza como para reproducirlos también aquí.

Decidí que escribiría con tinta y no a lápiz, como hago en mis cuadernos de viaje.

No quise usar ordenador, un programa concreto con un modelo de letra con derecho a negrita y cursiva. Necesitaba mi letra, aparentemente ordenada pero difícil de seguir. Mi letra para que llegaras más a mí, para que me conocieras.

Las primeras páginas quizá te costaran, pero tardarías poco tiempo en dar con el código fuente.

Cuando lo abrí por primera vez, lo olfateé, como hago con los libros antes de leerlos para presentarme y afinar los ojos, los dedos, y una vez hecha estas presentaciones, ajustar las señales.

Con la página mirándome no supe por dónde empezar, pero dejé que la tinta fluyera y hablara a su ritmo, impregnando el papel.

Dejé que el pulso se sincronizara con la memoria.

Terror nocturno

Los barrotes de la cuna. La cama. El pasillo y parte de la habitación.

Lavadoras. Dos por lo menos.

Dolía la luz con tanta noche fuera.

Primero tocaba recoger la vomitona. Luego, fregar con agua bien caliente el suelo. Cambiar las sábanas. Comprobar que el protector estaba seco. Abrir las ventanas para ventilar. Llevarte al sofá para que no pillaras frío.

Recuerdo tus ojos abiertos sin ver.

El eco del llanto en tu tripa, todavía reproducido en hipos cada vez más espaciados.

Las lágrimas pegadas como néctar de flor.

Tu boca acuosa y la nariz roja como de cervatillo.

Durante tres años, así fueron las noches. Raptos de madrugadas con el miedo pegado a tus sueños, que acechaba también el mío, como la ambulancia clama al SAMUR de guardia cada vez que llega una urgencia y se inicia el protocolo.

El mío era este: incorporarte, abrigarte, sacarte de aquel lugar de ogros y pesadillas. Desvestir los malos augurios, poner otra sábana bajera, otro edredón, despertar al jabón y al suavizante, encontrar a tientas el barreño antes de llenar la lavadora.

Comprobar que la caldera estaba encendida. Escurrir la fregona como si fuera el cuello de una criatura malévola. Cambiar el agua. Caminar por los tablones de madera más dilatados —tras aquellas rondas, mis pies ya los conocían sin necesidad de bombillas—. Cerrar las ventanas. Acostarte. Asegurarme de que cerrabas los ojos y respirabas tranquila.

Esperar a que el programa de lavado terminara; tender con cuidado para no despertar a los vecinos.

Llegaba a la cama como si una catapulta invisible me hubiera lanzado hasta allí. Sin error de trayectoria.

No sé cómo conseguía dormir el poco tiempo que quedaba, pero lo hacía. Quizá porque era consciente de que ese sueño era la clave del resto del día. La gasolina hasta el siguiente terror nocturno. Dormía sin saber que pararía durante unos años, pero volvería a por mí.

Indeleble

Decidiste hacer de Yago una ruta testaruda, sin derecho a cicatrizar.

Sé que ni la distancia ni el tiempo definen un viaje. Que hace mucho que los mapas abandonaron el papel y que hay que facturar sea cual sea el destino.

Un lugar puede ser una anécdota, un enfado, una selección de conversaciones y miradas recreadas. De sensaciones inexplicables y contradictorias.

Tu sitio en ese momento era una herida.

¿Qué conseguías arrancándote la costra? ¿Ver a través de la sangre, buscar un poco de luz o de valor, levantando la trampilla de tu propia piel?

Pregunté a una amiga psicóloga qué hacer, si era mejor hablar contigo del tema o darte un margen. Me recomendó no forzar las cosas. Me intentó convencer de que sabría qué necesitarías.

Te aseguro que no tenía ni la menor idea de cómo ayudarte.

Decidí que lo menos agobiante y peligroso era estar cerca. Esperar a que me dieras pautas.

Fueron días de mucho silencio y de una actividad absurda, siempre interrumpida.

Recuerdo la cantidad de veces que me escuchaba tragar —dichosa garganta seca— e intentaba camuflarlo tosiendo.

Menos Leo, tú y yo parecíamos dos sonámbulas pilladas fuera de sus camas a plena luz del día. Nos movíamos como autómatas. Todo parecía mentira.

Tenías la mirada lejos y los dedos siempre sobre tu herida, a la que no dejabas volverse vieja y desaparecer.

Te observaba sin que lo notaras. A veces lo hacía tan de reojo, apuraba tanto el ángulo, que solo veía negro.

No te dije ni una sola vez: «¡Para! Yago ya no está. No volverá por mucho que te martirices». Confié en que llegarías a esa conclusión sola.

Y así fue.

Cambiaste la sangre por un rotulador permanente al que retabas cada vez que lo utilizabas dejándolo sin capuchón. Para medir su resistencia y descubrir cuántos días era capaz de aguantar sin secarse.

La idea puede que te la diera una chica con la que nos cruzamos por la calle una tarde, que llevaba dos rayas tatuadas, de arriba abajo, en la parte trasera de las piernas.

Leo quiso entender el sentido de aquel tatuaje. Le parecía un paso de cebra raro.

«Se lo ha hecho para no perder el equilibrio. No quiere torcerse».

Lo dijiste con tal seguridad que sentí que tenías razón. A Leo y a mí nos convenciste. Tu hermano, desde luego, no preguntó nada más.

En mi ronda nocturna habitual de apagado de luces, recogida de ropa, zapatillas y toallas esparcidas por las habitaciones y el baño, me encontré con un rotulador sin capuchón en el suelo.

Sobre las letras empezaste a dibujar estrellas. Rayas. Ojos y círculos. Un cosmos propio. Malas sensaciones. Recordatorios que se negaban a abandonar tu piel por mucho que te pidiera que te restregaras con jabón las veces que fueran necesarias.

Parecías una pieza de cerámica china con las partes rotas pegadas, con la belleza extraña y la fragilidad de las cosas recompuesta en esas marcas de trazo ancho en muñecas, dedos, tobillos. Incluso en los gemelos.

Un jeroglífico en movimiento, saturado de información indescifrable.

Resistencia

Un día empecé a ver documentales de animales salvajes.

Estar alerta no me servía de nada. Tenía que prepararme, mudar la piel, cambiar la forma de moverme, de gesticular incluso, para estar a otra altura, superior a la tuya, que te desconcertara y te infundiera respeto.

Durante una buena temporada solo me interesaron los felinos, por su arrojo a la hora de ir a por sus presas. Resolvían sin aspavientos. La admiración duró poco. Terminé aburrida de leones de ojos bonitos y velocidad increíble. Entonces me centré en los osos pardos, pero no me convencieron. Tampoco los hipopótamos, ni los tiburones, ni la medusa australiana, considerada la criatura más letal y violenta del mundo.

Tuve que hacer muchas pruebas hasta encontrar lo que buscaba. Y llegó, de forma inesperada.

Una tarde de fin de semana, una de tantas, a punto de quedarme dormida en el sofá.

Al no pegar ojo por las noches, me iba cayendo por los rincones durante el día. Pero solo me dejaba caer cuando estaba sola. No podía permitirme dar esa imagen de debilidad delante de ti.

No necesitaba ser fuerte como el escarabajo pelotero —quién lo diría—. Tenía que ser resistente. Como el impala, el antílope africano. Eso es. Elegante, rápido. Capaz de saltar para alejarse o para despistar al enemigo. De adaptarse con facilidad al medio, aunque no fuera el suyo. Con un oído y una vista impresionantes. Visible en las épocas de lluvia. Con un sueño muy corto, de unas tres horas.

Parecía hecho a mi medida. Como si en otra vida lo hubiera sido y tras múltiples reencarnaciones lo hubiera olvidado.

Me hice una experta en impalas, y la pena es que no haya ningún concurso al que ir para demostrarlo. En las conversaciones habituales no puedo hablar de ellos, porque no encajan en el día a día y las preocupaciones del resto de los mortales.

Pero a mí me ha servido de mucho tener este referente para poder aguantar.

Observar a las hembras impala me ha hecho aprender a defender, a mirar y olfatear el territorio. A escuchar, porque cada sonido emite un mensaje y plantea una respuesta rápida. Ellas me han enseñado a desprenderme: a mostrarme distante contigo. A dejarte con la manada. A quitarle peso a tus cosas. Al menos aparentemente.

Las madres impala se sienten liberadas cuando paren. Eso les permite ocuparse de ellas mismas. Buscar tiempo para disfrutar de él.

A este punto aún no he llegado, aunque aparento que sí y saco horas. Muestran su desapego. Es esta pauta de conducta la que me obligo a aplicar contigo: debo ser poco (o nada) cariñosa. Fría. Otra yo por ti para enseñarte que hay una jerarquía natural que ni siquiera tú, con toda tu mala leche y tu guerra de guerrillas, puedes cargarte.

Ama de llaves

Llegué a casa. La puerta estaba abierta.

Entré con cuidado, gritando vuestros nombres. En el barrio, un tipo llevaba varios días desvalijando viviendas a plena luz del día. Así que enfilé el pasillo con cuidado por si el ladrón estaba escondido en una de las habitaciones. «Cuidado con lo que pides…».

Me encontré con vosotros en la cocina, merendando junto a un tipo sucio que me dio las buenas tardes como si yo fuera la visita.

Teníais que estar en el colegio. ¿Qué hacía aquel tipo allí? ¿Por qué estaba con vosotros?

Desde el bolsillo de su pantalón sobresalía un destornillador más grande que la pierna de Leo. A veces el azar es una maldición perfecta.

Horrorizada, no sabía cómo afrontar aquella situación.

Se te notaba contenta, mientras sacabas rebanadas de pan de molde de la tostadora y las ponías en un plato. Toro Salvaje siempre hospitalario. Esa es mi hija.

Con la boca llena de pan con Nocilla, me contaste que no aguantabas más a esos «gilipollas de profesores» y diste por acabada la jornada escolar. Recogiste a Leo y os vinisteis.

Lo malo es que no sabías dónde habías puesto las llaves. Intentaste abrir con una horquilla, pero en la última vuelta la cerradura se te resistió. Suerte que bajaba este «señor por las escaleras y me ayudó a abrir».

Si no, le habrías dado una patada con tus botas.

Qué majo este señor, me oí decir.

Debería saber que las cerraduras no se fuerzan.

Él me miró como si nada.

Le habías preparado un café con leche y me temo que, si hubiera tardado un poco más en llegar, me lo habría encontrado en la ducha.

«Mira no te pongas como una pringada a darme la brasa. No había otra manera si queríamos entrar. Llamas al cerrajero y ya. Que venga y cambie la cerradura. No seas rata. Eres capaz de poner una silla para que haga tope con tal de no gastarte un duro. Te tendría que dar vergüenza ser tan agarrada».

Te habría cruzado la cara. Más que eso, te habría dado un puñetazo en la boca.

Pero seguías verborreica y dándole pistas a nuestro estimado ladrón.

Tragué sin que se notara, si es que eso era posible.

Esa forma de hablarme, de lanzar mensajes como piedras para hacer un tres en raya: provocarme, sacarme de quicio y —jugada maestra— hacerme callar.

Claro que llamé al cerrajero, pero antes acompañé a nuestro ladrón particular a la puerta para que no empezara a cogernos cariño.

Pagaste el cambio de cerradura con tus ahorros. Te quedaste pelada y me montaste un nuevo circo.

Te gusta montar el follón. Alargarlo. Retorcerlo una y otra vez.

Te quité la paga durante tres meses y el nuevo juego de llaves. Tendrías que esperarme para ir a casa.

«Pero si no tienes ni un empujón. Nadie se cree tu chulería. En dos días me estás dando la paga y el llavero. ¿Nos apostamos algo? Ya nos conocemos. Te crees que con poner la cara seria me vas a convencer. ¿Dura tú? Me descojono».

La saliva a veces no llega a tiempo.

Trago tan rápido que toso y se me caen las llaves, pero, gracias al instinto, pego un brinco y las cojo. Antes que tú. Aprieto la llave del buzón sobre tu mejilla. «No me pongas a prueba», te digo bajito. Y como si no tuviera suficiente, pones las manos sobre la cara y abres la boca como el personaje de *El grito* de Munch…: «Qué miedooooo».

Shakira y *Hacienda*

Una hechicera siempre atenta a lo singular. Lo normal no te atraía. Cualquier cosa que pudiera serlo o parecerlo te resultaba aburrida. Prescindible.

Eras una recolectora nata de cachivaches. Pero no podía imaginar aquello.

Venías contenta, algo no muy habitual. Me cogiste de la mano y me llevaste al salón para hacer los honores. Me pediste que cerrara los ojos. Después de unos segundos, pude abrirlos. En mis pies había una caja de supermercado con dos criaturas que se movían.

Me agaché para verlas mejor. «Son *Shakira* y *Hacienda*. Una pareja de cobayas que han dejado tiradas en la basura. ¡La familia crece! Me habría gustado regalarte un cerdo vietnamita, pero he visto uno que pasean por el barrio y no parece muy sociable. Las cobayas son perfectas para nosotros. Cariñosas, juguetonas y muy activas». Te recreaste en esto último. Como si yo tuviera un problema de movilidad o de relación con el mundo exterior y necesitara estímulos. Hay que joderse.

Aquello no podía ser verdad. El único bicho parecido que conocía era Flor, la amiga de Bambi.

Shakira y *Hacienda* eran reales, su olor era real. Tanto como sus movimientos rápidos, cortos, incansables.

«Dormirán en mi habitación y el resto del tiempo podrán moverse por casa libremente. Seguro que te enseñan cosas y les coges cariño». Qué manía con el cariño.

Aquello no parecía una explicación de adolescente, era la bienvenida a una pareja de alquiler turístico, con la salvedad de que las mascotas no se mueven libremente, santo Dios. Este ritual formaba parte de tu fina perversión. A partir de ese momento, comenzaron a invadirme las dudas. Si no hubieran matado a la madre de Bambi, ¿Flor habría aparecido en la historia? ¿O es que querías hacer una versión 4.0 de la tragedia de Disney dándole la vuelta a todo? Si no fui capaz de terminar de ver *Alvin y las ardillas*, ¿cómo iba a vivir con estos seres? De nada me servía grabarme a fuego que era una madre impala, que podía con esto y con mucho más. Con lo que fuera, vamos. Pero no quería retar al destino. Porque sin hacerlo las sorpresas parecían infinitas.

Me puse a buscar un sentido a tu regalo, a lo que querías que significara.

Mientras pensaba, *Shakira* y *Hacienda* iban haciéndose a la casa saltando de aquí para allá, descubriendo hasta el último de los rincones.

«Nada, chicos, ahí tenéis la nevera». Te pedí que les dieras un poco de fruta, pero pasaste olímpicamente y les hiciste una pechuga de pollo a la plancha.

«Me tienes que dar dinero para comprarles pienso. Comen mucho y varias veces al día. Son cazadoras en estado puro», dijiste como si te hubieras estudiado la lección mientras subíais en el ascensor.

«Pues si se quedan con hambre, que me muerdan», solté como si fuera lo más normal del mundo.

Quise saber por qué les habías puesto esos nombres.

«Cuando las encontré en el contenedor, nos vi a ti y a mí. Tú eres *Hacienda* y yo, *Shakira*. Es la única diferencia entre ellas y nosotras. Te crees la ley, pero te falta mucho para llegar a serlo. No vas por delante de nada. Por eso eres *Hacienda*. Ellas te lo van a demostrar, dales tiempo».

En aquel momento no supe si pedir por Glovo una motosierra —aunque ahora era casi un dominio exclusivo de Milei— o ponerme el audiolibro de *Mr. Mercedes* para meterme cuanto antes un chute del bueno, uno doble de tensión e ira, y tomar las riendas de una puñetera vez por todas.

No moví un párpado ni abrí la boca. Fui como una actriz de teatro noh. Cualquier acción podía jugar en mi contra. Tenía que preparar mi estrategia. Una más. ¿Cuántas malas vidas anteriores a esta había tenido para llegar a este maldito sinfín de pruebas y purificaciones?

Tren o túnel

Tenías tu propio método de simulación.

Usabas la dulzura o el silencio para preparar el combate. Cuando te ponías a tararear, temblaba porque sabía que era el anuncio de una nueva tormenta.

Había días de supuesta sequía y otros de diluvio. Por eso intentaba atender a las señales. Y llevar siempre suelas de goma, que aíslan y, si la situación lo requiere, producen electricidad estática. Cuando se trata de defenderse, hay que aprovechar todos los recursos disponibles.

En esos momentos de observación de madre impala, recordaba aquellos dichosos ejercicios de matemáticas que planteaban «si un tren sale a las nueve de la mañana del punto A y llega al punto B a las dos de la tarde, ¿cuánta distancia habrá recorrido dicho tren?». ¿Me sirvió de algo saber resolverlos en su día?

Si hago la cuenta de la vieja ahora, entre horas y kilómetros, llego a la conclusión de que hace mucho que acabé con los trayectos lineales de un punto a otro. Cada recorrido es un centrifugado físico y mental. Un sinfín.

Tus episodios no tienen un horario concreto, mi sensación es que siempre te adelantas a la hora de iniciar un nuevo viaje y que llegas con mucho retraso al que tú consideras que es el lugar de destino. No puedo reclamar una devolución, ni de hija, por supuesto, ni de billete. Llevo exceso de equipaje. Punto. Además, nunca he creído en los seguros de cancelación.

«La maternidad tiene estas cosas. Te cambia la vida, ¿no? Ya no vives para ti, vives para ellos». Esas frases manidas llegan a mis oídos y las escupo, de la misma manera que mi estómago rechaza el exceso de azúcar.

Son ecos de sirenas extrauterinas. Sin hijos. Seres que no conocen el pudor y se lanzan a decir lo que oyen o leen en los foros de madres.

Vuelvo a los trenes. Acabo de regalarle uno al hijo de una amiga. Es de madera y los vagones van unidos por imanes. Los polos opuestos evitan que descarrilen, pero a Luis le gusta quedarse con la locomotora —ese nombre suena a Oeste profundo y a polvo— en su mano. Juega a engancharla y desengancharla del resto. No le interesa el movimiento del tren, sino descomponerlo y tirar lo más lejos posible la «cocomotora». La madera lo resiste todo.

Tienes buena mano para los niños. Cuando estás bien, pasas mucho tiempo junto a Leo ideando historias. En esos instantes eres otra. ¿O será que esa eres tú, pero te cuesta cada vez más salir a la superficie? ¿Por qué?

Luis te adora. Cuando viene a casa, te lo llevas a tu habitación y le disfrazas y le pintas la cara de los animales que te pide. Suele querer ser un gato y un ratón. Curioso.

Con él tienes paciencia y todo es suave. No hay conflicto.

Pero luego, con los tres a solas, vuelves a sacar ese yo castigador y pones cara de tren de alta velocidad, de última generación. Uno de esos que acaban de ganar una licitación, pero que no caben en los túneles. En otras ocasiones, se echaron para atrás modelos que no cumplían con el ancho de vía, con la normativa europea, con el protocolo para generar menor emisión de CO_2. Pero no había pasado antes, que se sepa, aunque ahora dicen que sí, que hace unos años tuvieron que retirar unos cuantos también porque no entraban en los túneles.

Menos mal que no han hecho la comprobación con viajeros.

Tú, Mara, eres uno de esos prototipos.

Eres ese tipo de tren y yo soy, cómo no, el túnel.

[empatía]

En 1996, Giacomo Rizzolatti, junto a su equipo de la Universidad de Parma, dio con las neuronas espejo. Fue analizando a un macaco, el tipo de mono que posee mayores similitudes con el ser humano. En esta investigación, Rizzolatti descubrió que algunas acciones determinadas (primero fue agarrar cosas, pero a estas le siguieron emociones como el asco o la risa) generaban un movimiento neuronal cuyo efecto directo suponía la imitación o repetición de estas por parte de otros.

El eje de esa acción-reacción la encontró en una parte del cerebro llamado giro cingulado, localizada entre el sistema límbico y el neocórtex. Esta es la pieza que hace de puente para mostrar la evolución entre las especies. Es un conector natural entre la voluntad, la información y la emoción. Traduce los matices de la voz, desarrolla el apego entre madre e hijo, regula procesos tan automáticos como la respiración o el latido cardiaco, nos ayuda a detectar errores, a ponernos en alerta ante posibles peligros o conflictos y a dar con la respuesta adecuada a partir de un estímulo.

Las neuronas espejo confirman la empatía, la posibilidad de que varios seres puedan estar a la vez en el mismo estado cognitivo y afectivo. El desarrollo de esta resulta más fácil cuando estamos en el mismo sitio físico. Unos investigadores japoneses evaluaron la reacción del público en una sala de cine y en un teatro. Fue mayor la muestra de empatía escénica porque sucedía en directo, generaba acción, no una representación de esa acción, como ocurría con la película.

Cuando todo va bien, las neuronas espejo son como los pedales de la bicicleta. Producen equilibrio. Pero, como Rizzolatti asegura, a ellas se recurre también en la adversidad, cuando alguien sufre, por ejemplo, un derrame cerebral o un accidente, para que vuelva a aprender a hablar o a caminar. Las neuronas espejo muestran que somos seres sociales que actuamos por imitación. Vilayanur Ramachandran, director del Centro para el Cerebro y la Cognición y profesor del Departamento de Psicología y el Programa de Neurociencias de la Universidad de California, en San Diego, defiende esta misma tesis. En *Fantasmas en el cerebro*, libro coescrito con Sandra Blakeslee, desarrolla esta teoría mostrando la historia de una serie de pacientes a los que trata con la caja de espejo, un técnica creada por él mismo que les ayuda a recuperarse de sus fantasmas, ya sean miembros o identidades —el síndrome más llamativo es el de Capgras, que plantea la suplantación de un familiar, generalmente el padre o la madre, por un impostor—.

Vilayanur Ramachandran cree que las neuronas espejo son tan importantes para la neurología, como lo fue el descubrimiento del ADN para la biología.

Oscuridad

Querías a Leo, pero te dominaban la rabia, el asco, incluso, la envidia que sentías por él.

Tus gestos te delataban.

No soportabas que fuera tan payaso, que siempre estuviera sonriendo. Que se llevara bien con todos, en especial conmigo. Sentías que había ocupado tu espacio y buena parte de tu tiempo.

Antes no tenías con quién compararte. Eras tú y nadie más. Pero Leo nació con ángel, qué mala suerte. Era dulce, simpático, tranquilo. Besucón. Bailón. Trasto.

Un duendecillo surrealista que campaba por tu mundo y lo ponía aún más patas arriba de lo que ya estaba.

Tu padre no le hacía mucho caso. Tú eras su favorita. Su rehén, en realidad, porque no tenías edad suficiente para apreciar las certezas y atesorabas sus mentiras como si fueran los cromos que te faltaban para completar la colección del bien y el mal.

Fue un reclutamiento rápido, aparentemente invisible y desafiante.

Cuando Leo nació, tu padre te apartó de mí sigilosamente. Vendió su cambio de actitud como si fuera un favor altruista. «Dale el pecho, báñale, id de paseo… Tranquila. De Mara me encargo yo».

Esa tutela empezó los fines de semana, pero fue mordiendo miércoles, jueves, lunes, con el único objetivo de convertirme en una extraña, en una madre apegada a Leo, centrada en él.

Tu padre no se ocupaba de nada más que de instruirte en esa convicción.

Cuando estaba en casa, te retenía. No podía permitir tenerte fuera de su foco. Ese odio fue tomando forma, como una larva dentro de un cuerpo cálido. Fue creciendo hasta ser una evidencia. Él aplaudía los avances. Te usaba para castigarme. Hacía contigo todo lo que yo no aprobaba.

Poco a poco, empezamos a vivir vidas paralelas. Tú con él y Leo conmigo.

Apenas coincidíamos los cuatro.

Puede resultar extraño y complicado viviendo en la misma casa, pero tu padre siguió alimentando esa distancia, ese rechazo, hasta que el rencor se convirtió en oscuridad y la oscuridad, en fuerza.

Tobogán

Estaba frío y sucio. Una capa de barro y piedras lo camuflaba; le hacía parecer un tobogán invisible suspendido entre los árboles. El aire olía a golosinas y a botas de agua nuevas. Los niños hacían cola para subir.

Era una mañana de otoño, una de esas que ya no existen.

Mientras esperaban, los niños se ponían de puntillas sobre el suelo blando con el que habían forrado todo el parque, menos la zona de los columpios. Movían los pies para domar las botas, todavía rígidas y brillantes.

Leo y tú ibais en calcetines. Habíais estado patinando.

Cuando llegasteis arriba, convenciste a Leo para que se tirara de espaldas.

Él se colocó sobre la rampa. Me miraba. Te miraba. Como si tuviera un tic. Estaba contento. Nunca lo había intentado antes. Al volver a mirar, me dedicó una sonrisa nerviosa.

Le pediste entonces que plegara las piernas y apretara las rodillas contra la tripa antes de tirarse. Para ir más seguro.

Justo cuando lo estaba haciendo, apretaste sus hombros con fuerza y lo proyectaste más allá del tobogán.

Leo salió despedido. Cayó inconsciente sobre el manillar de un triciclo.

Sangraba por la nariz, por los labios rebozados de tierra, por las cejas.

Una marea de padres me trajo agua, toallitas, tiritas, una bolsa de hielo. Usé todo, no sé en qué orden, les di las gracias mientras con voz temblona decía LeoLeoLeo una y otra vez a modo de conjuro que evitara que se hubiese roto algo: la nariz, el pómulo, una costilla. LeoLeoLeo. Para darle tranquilidad y ahuyentar el vértigo por lo que acababas de hacer.

Con el susto, tardé una eternidad en encontrar la bolsa con los patines y las playeras. En saber qué más hacer. En descubrir dónde te habías metido.

No sé si no estabas o es que no quería verte.

Cogí a Leo en brazos y salimos de allí a toda prisa a coger un taxi. Tenía que llevar a tu hermano al hospital.

Apareciste cuando acababa de parar uno. Tu serenidad me llenó de rabia. Tu ropa impoluta. Tu cara sin un rasguño.

Notaba tus ojos clavados en el espejo retrovisor.

«Es que mi hermano se ha caído del tobogán». Tu voz cándida me llegaba como metralla mientras Leo seguía aturdido, con los ojos cerrados.

No podía mirarte.

Me encontré pidiendo que te centraras en mí, en hacerme la vida imposible, de acuerdo —en ese momento hasta parecía una petición razonable—, con tal de que dejaras a tu hermano al margen.

A él no, te dije sin mirarte. ¿Es que conmigo no tenías suficiente?

No te iba a mirar. No podía, no quería. Porque lo que veía daba miedo.

Si no miraba, pensé tonta de mí, podría bloquear ese momento hasta estar preparada para hacerte frente.

Sonabas a mi lado.

Todo se movía. Mi cabeza, tus piernas, el taxi. Todos menos Leo.

Estuvo en observación no sé cuántas horas. El tiempo en los hospitales pasa de otro modo.

Las cejas se le quedaron partidas desde entonces. Empezó a sentir vértigo y no le gustaba tener a nadie pisándole los talones.

No te culpó de su caída, no te guardó rencor; siguió como si nada hubiera pasado.

Esa actitud suya te desquició. Eras constante y no ibas a dejar de ir a por tu hermano tantas veces como te apeteciera y te fuera posible.

Durante mucho tiempo, Leo durmió conmigo. No me fiaba de ti. Pero esa decisión te pareció una provocación en toda regla. Me sacabas de la habitación varias veces de madrugada con un grito. Haciendo sonar la cadena de música a todo volumen, dando un portazo.

Como sabías que te buscaría, te escondías.

Así durante muchas noches, hasta que fui capaz de demostrarte que no me iba a cansar. Que iba a seguir peleando aunque no durmiera y tuviera los nervios como las raíces arrancadas del árbol genealógico de varias familias milenarias. O simplemente te cansaste de repetir esa acción cada madrugada. La repetición a veces educa y tú no querías crear hábitos. Pretendías desconcertarme.

Cuando pareció que me concedías una tregua, volviste a la carga.

Una noche noté como polvo cayéndome en la cara, como grillos o termitas moviéndose cerca. Tardé en comprobar qué pasaba.

Encendí la luz y te vi agazapada con una cuchilla trasquilando la cabeza de Leo. La cama estaba llena de mechones.

Sabías que Leo quería dejarse el pelo largo.

Tuve que coger la maquinilla y afeitarle al uno.

Mientras tu hermano lloraba bajito, tú lanzabas sobre nosotros el pelo que le habías cortado como si fuera confeti. Sin importarte la hora, celebrabas el estropicio. Para ti era un triunfo vernos así. Allí. Presas de tus impulsos.

Aprendizaje

Si algo tengo que agradecerte es que me hayas obligado a aprender. A todas horas, a buscar remedios y consejos entre autores y disciplinas dispares.

Desde un principio me negué a no hacer, a quedarme pasmada permitiendo aquello. Quise encontrar todas las explicaciones posibles que me permitieran construir un escudo para las dos. Sí, para las dos. Me empeñé en dar con argumentos que me ayudaran a conmoverte aunque fuera a largo plazo, porque eras consciente de la situación que provocabas y, al mismo tiempo, a confeccionar el suficiente arrojo para no decaer en el intento de mostrarme firme. Nunca imaginé que iban a ser tantos años los que emplearía y en los que no podría modificar la ruta por muchas ganas que tuviera de darme la vuelta y desaparecer.

A las cobayas decidí no hacerles caso. Como si no estuvieran.

Al ver que no les atendía y que no me irritaban, me seguías por casa con ellas, las metías en la lavadora, en mis cajones, sobre los libros que estaba leyendo, les dabas de comer cosas que tenían prohibidas para ver si reaccionaba, pero yo seguía a lo mío. Leo me ayudó mucho. Hacía todo fácil. Siempre supo percibir en qué punto estabas y qué necesitábamos para que la situación no se disparatara más aún.

Admiré su entereza y su buen humor. Su ternura. Gracias a él pude ser más fuerte. Más sólida.

Pero esa templanza de tu hermano te robaba protagonismo y te ponía de peor humor del que ya tenías.

Leo te recordaba cada día la ruptura de tu mundo, en el que no había que consultar ni cuadrar calendarios, ni hacer bolsas de fin de semana o maletas, ni contar las horas. Seguro que tu mundo se rompió de más formas que estas que indico aquí. En cosas que quizá no sabrías explicar, pero estaban unidas a tu tranquilidad, a tu carácter, a lo que eras antes de aquello.

Querías a Leo, pero también te habría gustado eliminarlo si alguien te hubiera asegurado que sin él todo volvería a ser como antes.

Lo intentaste varias veces.

Aún hoy me sigo preguntando si lo planeabas o te dejabas llevar por aquel impulso. No sé qué me produce más pavor.

Hacía una de esas tardes de calor bochornoso que anunciaba tormenta, y eso que el verano era algo lejano.

Las bandadas de pájaros ocupaban el cielo de la casa de la sierra a la misma hora de todos los días. Los vencejos estaban de vuelta.

Acababais de merendar. Fui a la habitación a coger algo, no sé qué.

Te vi caminando al lado de Leo. Entre los árboles. Esa parte del terreno bajaba al valle donde hacía años que no pasaba el río. Por la noche, era la ruta preferida de una familia de ciervos que vivía cerca. Creo que llevabas una cuerda. Querías construir una liana con ella. A tu manera la hiciste. Y como no podía ser de otra manera, la colocaste en la parte más peligrosa de uno de los árboles más altos.

«A ver, hombre pájaro, cómo te lanzas a volar si voy soltando mis dedos».

Te regodeabas de aquella temeridad.

Decidí acercarme tan despacio como pude y reptar hasta llegar a ti. No sé cómo llegué. Perdí la noción del espacio. El corazón empezó a latirme desbocado. Sentía las piernas y los brazos rígidos, la boca seca, el cuello empapado de sudor frío. Sabía que no debía hacer ruido, ningún movimiento brusco. Cerré los ojos hasta llegar a tu lado y, con toda la suavidad de la que fui capaz, cogí a tu hermano en brazos y no lo solté hasta que se hizo de noche. Aquel susto me dejó sin voz durante un mes.

Son tantas las veces que fuiste retorcida con él, que le hiciste llorar y sentir pánico, que tengo que decírtelo porque necesito que lo leas, que recuerdes y sientas remordimiento, sea cuando sea.

Quiero pensar que también tú aprenderás y harás de la dureza otro estado diferente de la ira y del rencor. Pero eso depende de ti. Depende de si has domado tus monstruos o son ellos los que te siguen devorando.

[mal de altura]

Dolor de cabeza, náuseas, mareo, debilidad, insomnio y sensación de vértigo.

Estos son los principales síntomas de la hipoxia (o falta de oxígeno), que está provocada por el esfuerzo físico y la velocidad a la que este se realiza al ascender o permanecer por encima de los dos mil quinientos metros de altura.

La fisiología de altura nace y se desarrolla en los siglos XVII y XVIII, gracias al descubrimiento del barómetro por Evangelista Torricelli, a partir de las tesis expuestas por Galileo sobre la presión que ejercía el aire sobre la tierra; la relación entre la presión barométrica y la altitud, estudiada por Blaise Pascal; el invento de la máquina neumática de Otto von Guericke (que consistía en una bomba capaz de crear vacío en recipientes cerrados) y el hallazgo del oxígeno y sus propiedades por Antoine Lavoisier, Carl Wilhelm Scheele y Joseph Priestley.

Primero se intentó entender lo que ocurría desde el aire.

«Vivimos a ras del suelo, en lo llano, pero aspiramos a elevarnos», tal y como reconoce Julian Barnes en *Niveles de vida*.

Los vuelos en globos aerostáticos demostraron el impacto fisiológico que producía la exposición a grandes alturas.

Los hermanos Montgolfier describen esta fatiga en la travesía que realizaron dentro de un balón de aire caliente en noviembre de 1773 en París, ante la atenta mirada de curiosos convertidos en motas. Uno de los hermanos habla de olor agudo en su oído derecho no solo mientras contemplan las vistas, sino ya después del paseo.

James Glaisher, jefe del Real Observatorio Meteorológico de Greenwich y miembro de la Sociedad Real, se embarcó con Henry Coxwell, un dentista que dejó el cuidado de la boca para conducir estos artilugios voladores, en unos cuantos viajes para conocer (y comprobar) algunos de los efectos secundarios que producía elevarse, como la pérdida de la noción de altura y de la sensibilidad y el control de las manos.

Tissandier, Crocé-Spinelli y Sivel, movidos por el mismo interés, organizaron un vuelo en otro balón, al que bautizaron *Zenith*. Querían estar seguros de hacerlo bien. Por eso antes de volar se prepararon en la cámara hiperbárica que su amigo Paul Bert tenía en su laboratorio. Era 1774. Bert les introdujo en ella. Simulaba una altura de siete mil metros. Dentro experimentaron problemas de visión, audición y cierto aturdimiento. Estos síntomas desaparecieron cuando Bert les administró oxígeno. Fue precisamente la falta de oxígeno lo que hizo que el vuelo del *Zenith* terminara en tragedia. No llevaron suficiente y Tissandier fue el único de los tres tripulantes que sobrevivió.

No sabemos si la conmoción por la pérdida de sus amigos llevó a Bert a investigar más en profundidad los efectos de las cámaras de baja presión, pero lo cierto es que lo hizo. Bert observó mucho las pautas de las aves, en especial las del cóndor, que podía volar durante horas a más de dos mil metros sin mostrar malestar alguno, una resistencia imposible para los humanos.

Del estudio del aire en globo se pasó al que se respiraba en las montañas. Hasta el siglo XIX estas no permitían determinar por qué a partir de determinada altura se producían cuadros de fatiga o frío. Joseph Bert y Francois Gilbert Viault realizaron estudios en Bolivia, Perú y Ecuador analizando cómo afectaba la rarefacción del aire a los humanos y a los animales, a su circulación, respiración, y la oxidación progresiva de la sangre por la falta de oxígeno.

Fue Joseph Barcroft el que allanó el camino al realizar en febrero de 1920 su «experimento de la caja de vidrio», que estaba totalmente sellada y en la que permaneció seis días midiendo la saturación de su sangre en reposo y haciendo ejercicio. Verificó que al inhalar el oxígeno de esta cámara, sus pulsaciones aumentaban, la cabeza le dolía y era incapaz de concentrarse. Sus mediciones mostraron que la sangre que fluía por las arterias contenía menos oxígeno, en reposo y en actividad, que el aire de los alveolos, a temperatura corporal.

En 1921, Barcroft organizó una expedición a los Andes peruanos, al Cerro Pasco, por su variedad de alturas montañosas y las buenas condiciones de transporte y suministro de agua y luz que aportaban las minas de cobre que había en la zona.

Estos fisiólogos son solo unos cuantos de los muchos que dedicaron su vida a entender la hipoxia. A ellos hay que sumar a un nutrido grupo de naturalistas y botánicos que conectaron con este malestar al hacer sus investigaciones en superficies de altura. Humboldt y Darwin fueron algunos de ellos.

Aparte de estos estudiosos, ahora sobre todo me interesan los alpinistas, a los que Lionel Terray bautizó como «conquistadores de lo inútil». Precisamente su supuesta inutilidad tiene para mí un valor inmenso porque es el resultado del esfuerzo. Del valor de poner a prueba mi fragilidad para medirme con rocas de todo tipo.

La montaña se puede sentir de muchas maneras.

Kílian Jornet es uno de esos seres que necesita el ascenso permanente. De niño quería ser contador de lagos, pero según fue creciendo se dio cuenta de que lo que quería contar eran retos en cumbres, senderos o paredes verticales. Los lagos se le quedaron cortos muy pronto porque no se podía conformar con una pequeñísima representación de la montaña. Por ella corre, esquía, monta en bicicleta, entrena cuerpo y mente, sube y baja buscando nuevas rutas o volviendo a ellas con otros ojos. Su infancia fue de andar y correr en un espacio abierto. No le interesaba (ni le interesa) la televisión. Le gusta dibujar, y se le da bien. Tocó el violonchelo hasta los dieciséis años, pero de no practicar —y porque era muy malo, insiste— se le ha olvidado lo que sabía.

La montaña es su música.

Kílian Jornet acaba de dedicar ocho días a subir ciento setenta y siete montañas pirenaicas de más de tres mil metros. Han sido ciento cincuenta y cinco horas de actividad física realizada en más de cuarenta y tres mil metros de desnivel. Una ruta que ya hizo a los trece años.

Volver a esos sitios ya conocidos, después de tanto tiempo, le hace verse de otra forma. Entender ese aislamiento y ese ejercicio extremo desde otro lugar dentro de él porque la montaña no olvida. Te mira directamente. Sabe quién eres y no la puedes engañar. Es sincera, por eso tienes que enfrentarte a ella tal y como eres. Tal y como estás en ese momento. La montaña no deja que te escondas.

Me gusta saber que Jornet defiende el entrenamiento desde la individualización. Sabe que cada cuerpo, cada cabeza, la conciencia y el umbral del dolor son diferentes en cada persona.

«En la montaña, la inercia no existe. Tienes que levantar tu peso a cada paso. No puedes poner el piloto automático ni escabullirte. Las cumbres no se conquistan hasta que bajas y llegas al campamento base».

Hace también unos días —nunca nada me parece casualidad—, tres americanos (Matt Cornell, Alan Rousseau y Jackson Marvell) han conseguido, al tercer intento, subir la cara norte del Jannu, también llamado Kumbhakarna (casi un ocho mil). Esta vertiente norte tiene dos mil setecientos metros y se la conoce como «el muro de sombras». Es tan vertical que resultaba imposible escalarla. Un equipo japonés logró hacerlo en 1976, pero yendo por la parte izquierda, evitando la ruta más directa y, según los expertos, más difícil. En 2004, un grupo de diez alpinistas rusos se fueron relevando para ascender con cuerdas fijas desde la cara central a la cima.

Cornell, Rousseau y Marvell subieron en estilo alpino: con mucha paciencia, fortaleza y resistencia física y casi sin medios técnicos. Tardaron siete días en escalar y descender por una ruta virgen y escarpada a más no poder.

Matt Cornell es una especie de Walden que, por obra y gracia del destino, conoció a Conrad Anker, un alpinista excepcional que le enseñó a escalar sin cuerda por la ruta Nutcracker, abierta por el mismo Anker, compuesta de hielo y roca. Un reto para amantes de lo imposible. Cornell no se asustó. Observó el medio, puso a prueba sus movimientos en él y sin decir nada a nadie lo escaló. Lo supieron por unas fotos. Es un aventurero humilde que se encontró pronto con Rousseau y Marvell.

En ese primer encuentro coronaron el Denali, de casi siete mil metros, en menos de un día.

La montaña es soledad, huida y búsqueda de uno mismo. Te enseña a valorar los desniveles, a investigarlos a fondo, a entrenarte para ir conociéndolos mejor hasta poder con ellos. El desnivel no se sortea, se vence.

Escalar solo implica menos riesgo. Tomas las decisiones para ti y si te equivocas, solo te afecta a ti, no a otros.

James Salter fue siempre consciente de lo que suponía escalar. Fue un hombre de palabras. De mil y una noches. Su escritura es el reconocimiento letal del amor, la tristeza cotidiana, la pericia de ser lo que ocultamos: deseo, temor, aspereza. La muerte en vida.

Salter disecciona la naturaleza humana desde el cielo, después de tantas travesías hechas en avión como piloto y como guionista de cine —la ficción puntúa como técnica de vuelo—. También lo hace desde ese suelo poblado de hierba recién regada, de garajes como arcenes de nosotros mismos, pegados a casas clavadas en mitad de urbanizaciones y silencio. De cristales con grietas por las que se cuelan el vino, el frío, el pulso de otras preguntas, de otras situaciones en otros lugares.

James Salter supo construir ese relato que a la mayoría se nos queda cojo o demasiado aséptico por conocido, como reutilizado de tanto pensarlo y repetirlo para que suene bonito. Pero la verdad no es bonita, Mara. Es mediocre y dura la mayor parte de las veces, es cruda y tiene los talones cortados. No admite crema reparadora.

Salter lo sabía y nos lo hizo saber en todo lo que escribió. *La última noche*, *Quemar los días* y *En solitario* son una muestra de su capacidad de observación y pensamiento. De reflexión que escuece por sabia y verdadera.

«Estaba allí tumbado hirviendo de palabras, como un moribundo que no puede confesar», que es «una mujer solitaria en dirección contraria». Esa mujer que quiere llevarse lo justo al otro lado, si es que lo hay. Pero no toda esta amargura, este miedo, esta soledad de yeti.

«Sabía que tenía que escalar a su propio ritmo, pero era consciente de su lentitud. Flexionó los dedos, la mirada fija en la roca que tenía delante, y procuró no pensar en nada más que el siguiente agarre». Eso hago cada día. Limpiar la piedra, redondearla para que parezca más llana, quizá moldeable. En esa estrategia, la montaña y yo intercambiamos erosiones y por mi parte, le confieso una voluntad firme de que ese todo que eras tú en ese momento «no se repitiera» por más tiempo.

«Los hechos mismos se superan, pero el personaje peculiar pervive» me dice la montaña a través de Salter. Tiene razón. Una vez más.

Volver al tiempo de los cuerpos

Leo una entrevista a Santiago Alba Rico, otro hombre de palabras.

Le cuesta definirse como filósofo. Él piensa y escribe. No ha parado de hacerlo desde que tiene uso de razón. Disfruto de sus opiniones y de cómo las comparte con el periodista que le ha convocado para hablar, a partir de la publicación de dos nuevas antologías de artículos.

Alba Rico conversa con la tranquilidad de alguien que tiene las principales dudas y necesidades resueltas. Claras sus prioridades. Su austeridad, centrada en los libros y el vino. Qué sabio. Agradezco los trazos de su pensamiento en un momento como este que parece tomado por la impostura.

Vive entre dos tierras, Túnez y Piedralaves. En la casa de Ávila es donde transcurre el encuentro, donde desbroza su amor a ciertas palabras nuevas, la diferencia y la necesidad entre lo que le gusta pero que no necesariamente practica, como el baile.

Su apego a lo que es y permanece, y que justo por ese estado de gravedad inmortal, al quedar en la atmósfera, habla y cuenta. El ritmo, la memoria, el paso del tiempo en los cuerpos. La sucesión y el ancla-je que parece algo primitivo, vinculado a otro estadio.

Alba Rico destaca la presencia del tictac del reloj, de la madera cuando cruje. De la densidad del tiempo hecha sonido. De lo crucial que es su escucha. Porque al detenernos en esos sonidos, en ese tiempo, percibimos otra realidad. Llegamos a otra percepción, más verdadera que la que deja la tecnología. Según Alba Rico, practicar esta escucha es «volver al tiempo de los cuerpos». Exactamente eso. Devolver el valor a lo que lo tiene y marca nuestro ritmo. A lo que siempre está y deberíamos llevar dentro, como una brújula, sin necesidad de actualización. Un sistema de aprendizaje y convivencia sonora.

De alguna manera, es lo que intento hacer mientras relleno estas páginas: escucharme para susurrarte desconciertos. Como dice el propio Alba Rico, «debemos resistirnos a la desaparición de los cuer-pos y por cualquier medio. La lectura puede ser uno de ellos, pero vale cualquier procedimiento narrativo (incluida la maternidad, la enfermería y el erotismo). Son los cuentos los que conservan los cuer-pos, que a su vez conservan la atención y los cuidados, sin los cuales no puede haber civilización digna de ese nombre. El amor no mueve el mundo, pero lo mantiene en pie».

Yo me resisto a la desaparición de la densidad de estos años que pasaron centrifugados. Cargados de electricidad estática. Quiero des-hacer con cada línea su cuerpo nudoso y áspero. Uso cada letra como un buril y un pincel, ambos, para marcar la piedra y limpiar la hendidura. Para poder escuchar así, el sonido mecánico del metal, del polvo de ese tiempo que ha transcurrido en sentido inverso a la dirección y a la velocidad del resto de las cosas.

2
La máquina
de habitar

Primer hogar

Mi cuerpo fue un invernadero para ti.

No se me ocurre una ocupación más bonita ni más plena que la de ser tierra. Una suma de huesos, músculos, tejidos y piel de una altura normal, de una talla común, que se transforma de pronto en algo extraordinario.

Noté que ya estabas en mí porque sentí de un día para otro el olor profundo de los árboles, de la lluvia antes de caer, de las pieles ajenas y la comida. Era una forma de oler distinta, como en varias dimensiones. El registro de cada olor me venía de dentro, eras tú la que hacías la cata, la que admirabas o desterrabas los aromas.

Empezó a pasarme lo mismo con el sueño. Siempre he dormido muy poco, pero en aquel momento me resultaba muy fácil desconectar. Caer en otro espacio sin transición alguna.

No engordé apenas. Tenía un ginecólogo maniático, al que me costaba ir a ver porque, en vez de alegrarse de que todo fuera bien, me regañaba por los cincuenta gramos que había ganado de más, por seguir tomando mantequilla, mayonesa y tostadas con aguacate. Se le olvidaba que los tres primeros meses perdí varios kilos.

Él desaprobaba la memoria y el principio singular de cada cuerpo. Se ceñía a una tabla roñosa que rescataba de un cajón para medir tu evolución en cada consulta. Su método era castrense y antidiluviano. Con esa actitud desagradable conseguía anular todo lo bueno del embarazo. Nunca fui al médico tan incómoda. Cada revisión era una suerte de casting para el calendario Pirelli.

A él le interesaba que las parturientas llegáramos al quirófano tan delgadas como fuera posible. Así el único esfuerzo que debía hacer él era sentarse en su taburete a pie de obra y ver cómo los bebés salían por sí solos. Como salmones o carpas sorteando la corriente. Eso buscaba. Que no hubiera comadronas saltando sobre la tripa y gritando: «Un, dos, tres, empuja ahora», que no fuera necesario rotar hombros y cabezas para facilitar el parto. Para él los niños tenían que buscarse la vida desde el momento mismo de nacer. Y las madres, por supuesto, no contábamos. Éramos simples peceras.

Inspección técnica de edificios

Cordón umbilical.

    Episiotomía.

    Leche.

    Mastitis.

    Estrías.

    No hay daños estructurales.

    Olfato mamífero.

    Precognición.

    Termómetro manual.

    Reina de los purés y los disfraces.

    Piloto de fórmula uno.

    Extraextraextraescolar.

    Luz de pasillo.

    Tirita.

    Cristalmina.

    Repasadora oficial de exámenes.

Impresora láser jet.

Reponedora.

Reloj.

Escucha activa.

El silencio.

Negociadora.

Testigo y aliada de metamorfosis varias (según la edad).

Salida de emergencia.

Control permanente de plagas.

Así me veo cuando me miro en el espejo.

Piel con piel

Creemos que el cuerpo nos pertenece.

Hay una necesidad eterna de regulación y control sobre él en función de situaciones personales y modas. Nos empeñamos en que el cuerpo obedezca porque consideramos que es nuestro territorio más preciado. El que nos cubre y habla de y por nosotros. Lo que podemos cambiar o definir en función de consignas o intereses concretos.

Despreciamos su naturaleza independiente, la anulamos porque es más cómodo pensar que podemos disponer de él a nuestro antojo. Pero el cuerpo toma nota, hace acopio de agravios o de incongruencias, de todos esos espacios en blanco sin resolver, y se muestra en rebeldía cuando lo considera oportuno. No piensa en ti. Piensa en él. No hay conversación ni negociación previas que valgan. No le interesa saber tu opinión porque ya la sabe demasiado bien y por eso actúa. Es entonces cuando nos damos cuenta de que es al revés, de que es el cuerpo quien decide.

Fui casi anoréxica. Sigo usando el comodín del «casi» cuando lo planteo porque me cuesta menos asumirlo. Ese casi me concede un punto de control sobre algo que se me fue de las manos.

El estómago se convirtió en una especie de onda espacial que seguía en ruta, pero no mandaba imágenes del planeta a explorar. Mantenía las coordenadas aparentemente, pero estaba claro que su objetivo era otro.

Me costó mucho valor revertir sus motivos a organizar semejante motín.

Uno cree que cuando conoce las causas surgen las soluciones de manera más fácil. Es mentira. Saber los motivos me puso más difícil recuperar la cordura. Volver a mi cuerpo.

El hambre se puede perder, pero el hambre no puede perderte, dejar que te pierdas. Esta no es una fórmula inversamente proporcional.

Mi cuerpo se fue volviendo escuálido. Los espejos me ofrecían una imagen bien distinta de mí. La ropa hablaba, también la piel, pero no hacía caso.

Uno de las cosas que más recuerdo de aquel momento es ir por el supermercado con la cesta o el carrito vacíos.

Caminaba sonámbula entre los productos sin otra intención que la de hacer tiempo. Pero ¿tiempo para qué? Quizá para plantarle cara a todos esos productos, botes y etiquetas que mi organismo había condenado a la abulia. Como si esa resistencia fuera una demostración de fortaleza cuando en realidad se trataba de todo lo contrario: de una falta total de amor propio.

Mi cuerpo tenía miedo, sufría, y en vez de reconocerlo, decidió trabajar con esmero en la eliminación de su materia grasa y su volumen. Se concentró en hacer de la pequeñez una posibilidad de no presencia. En mutar en abismo.

Prefería comer sola, de pie a ser posible, en plato pequeño.

Cuando lo hacía acompañada, convertía la ocasión en un rito para los otros, porque me abrumaba notar tantos ojos puestos sobre la cantidad de comida que me servía, que comprobaban si repetía, si llegaba al postre, después de haber tomado un primero y un segundo.

No llegué a estar ingresada, a pesar de tener todos los síntomas y negarlos durante bastante tiempo con una tranquilidad pasmosa.

De la misma manera que un día decidió desintegrarse, fue el cuerpo el que decidió volver. Le costó renunciar a la invisibilidad para ser materia. Una talla 36. Un cuerpo al que no solo le soportan las piernas, sino uno que piensa, que disfruta de los sabores, que tiene culo, pecho y celulitis. Un cuerpo que se reconoce y no se castiga. Un cuerpo que te formó y que teme haberte pasado este desequilibrio.

[ciudades y cucharas]

Le Corbusier apostaba por una vivienda funcional, con un planteamiento emocional y metafísico. Sus casas eran «máquinas de habitar». Cubos, cilindros o prismas rectangulares, de plantas simples, revestidos de vidrio y hormigón armado, que permitían el paso de la luz y la incorporación del entorno.

Destacó como arquitecto, escritor y pintor, pero se le «resistía» la estética, esa capacidad de dotar de alma y sentido a las estancias que construía. Charlotte Perriand (1903-1999), arquitecta y diseñadora, le ayudó a obtener esa visión de conjunto. Le Corbusier tardó en confiar en ella. De hecho, la primera vez que Perriand se acercó a él, este la atendió con un desdeñoso: «Aquí no bordamos cojines». Ella no se dejó intimidar y su constancia le permitió realizar numerosos proyectos con el maestro y Pierre Jeanneret durante más de una década.

Perriand aportó femineidad al mundo del diseño y la arquitectura. Acuñó un modo de crear a partir de su propio cuerpo. Ella, al igual que Kazuyo Sejima, otra arquitecta e interiorista, tomaba su cuerpo como unidad de medida para crear y su imagen como reclamo para impulsar sus diseños.

Las mujeres artistas de principios del siglo pasado se introdujeron en el mundo masculino de la arquitectura a través del interiorismo. Una ampliación de escala que les permitió ser diseñadoras absolutas, que abarcaban, como decía la propia Perriand, «desde la planificación urbana a las cucharas de té». Perriand fue, junto a Eileen Gray, la única arquitecta que ejercía en Francia en 1920. Su impronta se vio reforzada por la independencia de su madre, Victorine, una modista que trabajaba directamente para sus clientas burguesas, sin depender de un jefe o una casa de modas.

Maurice Dufrène fue su otro referente. Fundadora del Salón de Artistas Decoradores, diseñadora, responsable de La Maîtresse, marca que diseñaba para Galerías Lafayette telas, cerámica, muebles, papeles pintados, cristalería y alfombras, y del pabellón que formó parte de la Exposición Universal de París, Perriand la conoció en la Escuela de Unión Central de las Artes Decorativas (UCAD), en la que estudió y que Gray dirigía.

La destrucción provocada por la I Guerra Mundial en Europa impulsó un nuevo modo de concebir la vivienda y de apostar por una revolución de la vida doméstica que permitiera la creación de una sociedad moderna. La reactivación económica que se produjo a partir de 1930 lo hizo posible y generó un interés por el diseño de un mobiliario versátil, capaz de acondicionar espacios pequeños dotándoles de comodidad y estilo.

Para Perriand el interiorismo debía permitir un espacio y una mente libres. Movida por este interés, creó estanterías y aparadores que almacenaban y dividían las estancias como por arte de magia.

Componía desde una visión técnica, donde el componente lúdico está muy presente. En sus creaciones confluyen la moda, la tecnología, los materiales de calidad, sobre todo naturales, el afán de innovar; se reconoce una enorme influencia japonesa gracias a Kunio Maekawa y Junzō Sakakura, que pasaron por el estudio de Le Corbusier años antes de que la diseñadora viajara a Japón en 1941. En Japón vivió y volvió un par de veces a lo largo de su vida. En el país nipón encontró la armonía y el concepto de identidad propia que quería incluir en todo lo que diseñaba. Perriand entendía que cada proyecto establecía una relación con lo que ocurría fuera, dentro y alrededor. Su filosofía se centraba en potenciar un diálogo entre el espacio y las personas. Era minimalista, innovadora y ancestral, reivindicativa. Una pieza que la define es la *chaise longue* de bambú que diseñó en 1940.

Otra de sus aportaciones fue el uso de la fotografía como elemento decorativo y de la madera como materia perfecta para dar forma al continuo equilibrio entre movimiento y armonía que siempre buscaba.

Con Fernand Léger y Jean Prouvé siguió evolucionando hasta plantear diseños cómodos y ergonómicos y una arquitectura asequible, naturalista. Casas ligeras, modulares y desmontables, ideadas para ser hogar.

(D)espacio

Todos necesitamos una casa. Yo, además, necesito un hogar.

Eso es lo que he buscado en cada mudanza. Dar con un espacio dotado de luz, de tranquilidad, de una buena distribución y, sobre todo, de ese algo que no se puede explicar, pero que se percibe cuando recorres por primera vez las habitaciones y los pasillos. Eso que te dice si es aquí donde has de quedarte o, por el contrario, has de seguir buscando.

En todas las casas en las que hemos vivido, hemos construido un hogar. Empezaba por el olor que te recibía nada más cruzar la puerta de entrada. El mismo olor en todas. Mitad madera, mitad fruta, mitad muchas cosas, rastros de nosotros y que, mezclados con el resto de fragancias (velas, muebles, productos de limpieza, jabón, colonias, cremas y esencias del humidificador), producen una fórmula magistral atmosférica. Una piel invisible y protectora.

Hemos vivido en casas grandes, en otras más pequeñas, pero todas ellas tenían nuestras coordenadas antes de que llegáramos. Por eso terminábamos encontrando el camino para dar con ellas. Una brújula nos indica la dirección correcta: dónde está el norte aunque tengamos que movernos hacia el sur.

Cada una de nuestras casas acapara una maleta de huellas, amaneceres y voces. De etapas que hemos ido viviendo intensamente, aunque hubiera malos momentos.

De todas ellas nos hemos ido en el momento oportuno, igual que los personajes de Juliette Binoche y Victoire Thivisol, su hija, en la película *Chocolat,* de Lasse Hallström. Escuchábamos la cercanía del viento cuando venía a contarnos que el tiempo allí se había consumido, como si se tratara de la mecha de un candil sin aceite. Nos poníamos en marcha, sin buscar más explicación que la de encontrar un sitio nuevo y marcharnos con la misma ligereza con la que llegamos.

Las casas son los hogares de la vida que vamos consumiendo entre lavadoras, deberes, duchas, catarros, brasas de chimenea, programas de radio y conversaciones en la cocina.

Cuevas que excavamos con nuestras manos.

Ecos al margen de la contaminación, de la gentrificación, de los locales que cierran tarde, de la gente que no sabe despedirse y retrasa nuestro sueño. Cámaras ajenas a los camiones de la basura, los turoperadores, el afilador y los mercadillos de las plazas.

Demolición

Compartí casa los tres primeros años de carrera con un par de compañeros de la facultad.

Céntrica e inmensa, estaba hecha de recovecos y de paredes que giraban cuando menos te lo esperabas. Tenía el salón en el centro, entre dos patios de manzana. Las habitaciones eran exteriores. Cada una disponía de su propio cuarto de baño y de un vestidor. Tenía encanto. Era muy cómoda. A pesar de ser antigua y de necesitar alguna que otra mejora, era diáfana, algo que agradecimos profundamente.

Yo elegí la habitación más recóndita. Tenía cerca la cocina, un trastero que reconvertimos en biblioteca y la puerta de servicio. La usaba poco, pero era mi salvación cuando había gente que no me apetecía saludar o cuando me quería marchar sin dar explicaciones.

Abrí el portal como pude. Iba cargada con la mochila y un ficus que acababa de comprar. Siempre he sido una jardinera desastrosa, pero eso no me ha impedido seguir intentándolo con todo tipo de plantas. Esta me habían asegurado que era resistente y que prácticamente se cuidaba sola.

Atravesé el patio a oscuras. La bombilla se había fundido hace días y el portero no la había cambiado. Menos mal que en la escalera había luz. En ese instante tuve la impresión de que había alguien. Miré rápidamente alrededor y no vi nada. Cuando iba por el tercero, me tiraron al suelo y me taparon la boca. Caí de frente contra un escalón. Estuve allí un rato, hasta que el tipo que me tenía reducida decidió incorporarme y me obligó a llevarle a casa.

Quedaban dos pisos. Dos rellanos. Ocho vecinos. Esos cálculos no servían de nada. Él tenía mucha fuerza. Apenas me podía mover. Por más que intentara pensar en hacer algo para escapar, no lo conseguía. Llegamos a casa. Revisó el espacio para asegurarse de que estábamos solos. Me llevó al salón y me violó varias veces en el sofá. Hasta que perdí el conocimiento. Al despertar, se había ido con mi juego de llaves y el ficus.

Llamé a mis compañeros de piso y al cerrajero para que cambiara la cerradura antes de irme al hospital. No se lo conté a nadie más. Al día siguiente tiré aquel sillón y compré otro. Después del reconocimiento médico exhaustivo, del tratamiento para evitar un embarazo y de la denuncia en comisaría, mi cuerpo se convirtió en otro, albergó un pasadizo subterráneo donde poder gritar y acumular todo ese miedo. Empecé a utilizar la puerta de servicio. Me costaba volver sola a casa. Fui yo misma la que cambió la bombilla del patio y le di un par de ellas nuevas al portero para evitar que volviera a quedarse ese tramo a oscuras. Nunca lo pillaron. ¿A cuántas mujeres habría violado de la misma forma?

Cuando me quedé embarazada de ti, Mara, supliqué que aquel pasadizo se hubiera cerrado, que en él no hubiera quedado una criatura durmiente cargada de dolor y de rabia. Pedí que toda esa reserva de pánico no fluyera hasta ti por el cordón umbilical como un nutriente más. Los primeros meses, cada vez que salía de la ducha, le hablaba a mi cuerpo a través del espejo del baño. Aprovechaba el vapor del agua caliente para ahuyentar aquella fractura. Extendía la crema como si fuera el ungüento específico para reparar un cuerpo quemado y desgarrado por dentro. Me pasé el embarazo confiando en que aquella demolición no tuviera forma de llegar al presente y poder contigo.

Incubadora

El parto fue bueno y rápido. Eras larga y delgada como un cometa, pero a las pocas horas de nacer te empezaste a poner amarilla. Tenías ictericia. Pasaste una semana en la incubadora y bajo la luz ultravioleta de una lámpara encargada de eliminar la bilirrubina que aún quedaba en tu cuerpo.

Solo iba a casa a darme una ducha. El resto del tiempo lo pasaba allí contigo. Dándote el pecho, observándote a través de la cabaña en la que permanecías calentita, poniéndote a punto para salir al mundo real.

El piloto de mundo en el que estábamos era azul y verde claro. Todo él. Los pijamas, el gorro y las calzas desechables. El linóleo del suelo. La única nota de color la ponías tú, un sol bien encendido en mitad de un paisaje sereno. Si hubieras sido Truman, todos habrían insistido en que no salieras de allí.

En aquella planta no había diferencia entre el día y la noche. Sentía que formaba parte de un invernadero de bebés, y respondía con la misma serenidad que vosotros a la frecuencia de las máquinas y del personal médico. En esa semana aprendí a diferenciar tonos y mensajes, llantos minúsculos y el latir de los cuerpos en fase de acabado.

Cuando salía a la calle, todo me resultaba extraño. Demasiado ruidoso y rápido, desgastado. Sucio.

Me habría gustado bañarme como tú en un halo de luz negra para comprobar si guardaba dentro de mí efectos secundarios o de otros tipos, que resultaban imperceptibles más allá de ese contraste. Comprobar cómo cicatriza el cuerpo las heridas del alma.

Pinzas

Hay un sueño de mi madre, tu abuela, al que vuelvo constantemente.

Es de noche. La abuela se despierta. Descubre que unos asesinos han entrado en casa. Intentando hacer el menor ruido posible, nos saca a mis hermanos y a mí de la cama, nos pide entre gestos que obedezcamos y que no hablemos. Nos lleva de la mano a la cocina, abre la puerta de la terraza y, con toda la rapidez de la que es capaz, nos tiende uno a uno en las cuerdas de la ropa. De los hombros. Con varias pinzas de refuerzo y así nos deja. Bajo el hule de plástico que se ponía cuando llovía sobre las cuerdas para que la colada se secara, con los pies colgando a varios metros del patio de manzana. Superpuestos unos detrás de otro. Como tres péndulos suicidas.

Los asesinos —me gusta que la abuela tuviera tan claro que no podían ser ladrones u okupas— recorrieron sigilosos las habitaciones, todos los recovecos de la vivienda. Abrieron un secreter del despacho y un par de armarios. No dieron con la caja fuerte. Mostraban impaciencia. Eran varios. Cuatro, según los ojos luminosos de las linternas que reconocían el espacio antes de seguir avanzando. Lo pudo contar la abuela desde su cuarto.

La abuela nos tendió y volvió a la cama. A hacerse la dormida, mientras intentaba reproducir los pasos y las intenciones de aquellos tipos que campaban a sus anchas en plena oscuridad. El abuelo estaba de viaje. La asistenta se había ido al pueblo a cuidar de su hermana, que se había puesto enferma.

En un golpe de suerte para nosotros, los asesinos tropezaron con el reloj de pared del salón y del golpe este se puso a dar todos los cuartos, las medias y las horas. Una detrás de otra. Con sobriedad y constancia suiza para desesperación de los asesinos.

Esta melodía desencadenada les asustó tanto que salieron en estampida dejando la puerta de entrada abierta de par en par. Como si su visita no hubiera ocurrido y aquella apertura fuera obra de un fallo de bisagras y resbalones.

La abuela se levantó. Cerró la puerta con todas las vueltas de llave, las cadenas y pestillos que tenía y después vino a por nosotros con un tazón de leche caliente.

«Ya se han ido, bebeos esto y a la cama».

Y eso dice que hicimos. Como si aquello hubiera sido lo más normal del mundo.

Como si el hecho de tendernos no hubiera sido más temerario que la entrada de aquellos individuos en casa.

Hay noches en las que me he planteado llevar a cabo esta práctica contigo. Suspenderte contra las cuerdas. Exponer tu energía descomunal en hacer daño de frente a otro peligro más grande que tú, hacerte sentir que respiras y que pendes de un cuerpo de madera o de plástico horquillado en alambre. Pillarte con pinzas, no como quien juega al escondite, sino como quien sabe que debe pinchar el globo de la gravedad, el cuerpo maléfico que ha anidado en ti como una mala arruga.

Hacerlo y convertir el sueño de la abuela en realidad. Robar a la noche la inercia de serlo. Para no permitir más pesadillas.

Portales

Tu bisabuela tenía un corazón frágil. Una cardiopatía congénita aguda con la capacidad de desaparecer en momentos cruciales, pero que la obligó a no pasarla por alto a lo largo de su vida. Más de lo que a ella le habría gustado. De pequeña, su corazón la forzó a estudiar un par de cursos en casa, en una parte del salón que su padre habilitó para que tuviera más luz. Allí le instaló un cuarto desde el que pudiera sentir la calle a través de unas cristaleras que iban del techo al suelo. En el barrio la llamaban Pez Ardilla, por sus ojos grandes que oteaban todos los movimientos del exterior desde su pecera particular. Leía mucho, pintaba, escribía. Podía recibir todas las visitas que quisiera y se relacionaba con los niños que no conocía a través de ese velador enorme sobre el que hacía garabatos, muecas y pegaba mensajes.

Cuando se recuperó, exprimió la calle todo lo que pudo.

Una tarde en la que estaba saltando a la comba con unas amigas de clase, un coche se paró en la plaza. Era un modelo antiguo, lustroso. De él bajó un tipo bien vestido y de piernas largas que fue directamente hacia ella. La bisabuela empezó a correr, sin mirar atrás; su objetivo era llegar al portal de su casa, que estaba a pocos metros. Calculó la distancia, cómo acortarla moviendo al máximo los pies y adelantando el cuerpo, boqueando como podía para no quedarse sin aire. El portero no estaba. Llegó hasta la puerta y le dio una patada. Se abrió, pero quedaban las escaleras. Sintió el aliento de él muy cerca. Sus zancadas. Tocó el timbre y Aurora, la tata, no tuvo tiempo de analizar la escena. Tiró de ella hacia dentro y cerró. Salvada, mi niña, le dijo Aurora. El tipo dio un puñetazo en la mirilla y se quedó un rato allí. Luego desanduvo las escaleras con calma y se metió en el coche, como si la persecución no hubiera tenido lugar. Jamás supo quién era aquel tipo y por qué fue tras ella.

Desde aquel momento, la bisabuela siempre comprobaba cuando caminaba si tenía a alguien detrás, demasiado cerca. Gracias a ti, Leo heredó ese mismo miedo.

Muchos años más tarde, algo parecido le pasó a mi madre. Salía de nuestra casa. La abuela había quedado con una amiga para desayunar. Era temprano. Cuando llevaba unos metros recorridos, sintió la presencia de un coche que la seguía. Intentó esquivarlo metiéndose por varias calles estrechas y cortadas al tráfico, pero al cabo de los minutos el coche volvió a aparecer. Al no haber apenas gente, la abuela optó por volver a casa. Repasó varias veces dónde tenía las llaves, cómo podía sacarlas del bolso y coger la del portal. La puerta era antigua y habitualmente costaba abrirla.

Llegó a la puerta, con el coche pegado a la acera, como *El diablo sobre ruedas*, de Spielberg. Introdujo la mano en el bolso. Sacó el llavero, metió la llave, la giró y entró.

Salvada. Como su madre. Se quedó detrás de la puerta sin moverse, presa del pánico, hasta que oyó que el coche se iba. Llegó a casa pálida. Recuerdo que la abrazasteis —tú por la cintura, Leo por las piernas— porque nunca la habíais visto asustada. Estuvisteis así un buen rato. Quietos y apretando los brazos alrededor de ella para neutralizar todo aquello que no se podía explicar, pero que vosotros sentíais en el cuerpo de la abuela.

A mí no me siguieron. Él estaba dentro esperando. Uno no siente cuando se va a convertir en presa. Pero lo fui. La tercera generación, la vencida. La que pudo abrir la puerta y subir las escaleras, la que se disoció de la realidad ofreciendo toda la resistencia del mundo en aquel sofá. La que volvió a nacer en el mismo cuerpo y fue capaz de crear dos vidas. La que cobija huellas de fósiles y se ha cansado de guardar silencio.

Fui casi presa varias veces. Pude salvarme por segundos. La que me sigue provocando pavor ocurrió una tarde cuando tenía unos nueve años y estaba esperando a una amiga para ir a entrenar. Hacíamos gimnasia rítmica. Los martes y jueves entrenábamos en un gimnasio cerca del colegio; las tardes de los miércoles y viernes y la mañana del sábado íbamos a la federación. Para llegar, teníamos que coger un par de autobuses. Estaba bastante lejos. A la salida siempre nos venía a buscar uno de nuestros padres.

Nuestro barrio era tranquilo, de casas de dos o tres plantas con calles arboladas.

Dejé la mochila con los libros y los cuadernos y cogí la que tenía las mallas, un chandal, las zapatillas de media punta, el neceser y la toalla. De mi casa al gimnasio había unos quinientos metros. Según me iba a acercando, me crucé con un par de chicos en bicicleta. No me gustaron y apuré la marcha. El peligro estaba allí. Lo sentí. Por el rabillo del ojo vi detrás las ruedas de una de las bicis. Empecé a correr y ellos a pedalear más rápido.

Eran las cuatro de la tarde. En aquella época, la farmacia y el supermercado cerraban a mediodía. ¿Dónde me podía meter? Solo había portales y un parque. Irme a otro sitio me dejaría demasiado expuesta. Ellos me pillarían enseguida, eran mayores. Vi una puerta abierta, la del videoclub, y entré.

Era un local pequeño repleto de estanterías con VHS. Susurré varias veces hola pero no me contestaron. El dueño o el encargado debía de estar en el baño o en el almacén. Mientras intentaba dar con alguien para pedir ayuda, no le quitaba ojo a la puerta. Estaba segura de que uno de los dos chicos, o los dos, vendrían a buscarme allí.

No me equivoqué. Entró primero uno, dio varias vueltas y, al no encontrarme, salió. Dejaron que pasara un rato, imagino que para ver si me confiaba y salía de mi escondite, pero había encontrado un hueco entre dos estanterías y de allí no me iba a mover. El otro entró más nervioso, con más prisa, murmurando un: maldita niña, cuando te pille te vas a enterar. Me había sentado en el suelo y había colocado la cara entre las piernas, sobre la mochila, para que no se me oyera respirar.

Cerré los ojos para ver si así el tiempo pasaba más rápido y se iba. O al menos salía de donde narices estuviera el que llevaba el videoclub. El segundo chico se largó. Yo me quedé en aquel sitio hasta que pasaron varias horas. En aquella época no teníamos móvil. No pude avisar a Ana ni a mis padres de lo que me había pasado. Solo pude esperar a sentirme lo bastante tranquila como para hablar con el señor que por fin apareció y que, cuando le conté por qué estaba allí, cerró el videoclub y me acompañó, primero al gimnasio por si Ana se hubiera quedado esperándome o hubiera dejado un mensaje —no ocurrió ninguna de las dos cosas—, y luego a casa.

Cuesta superar una persecución. A mí me sigue costando jugar al pillapilla porque se me olvida que estoy entre gente conocida y vuelvo a sentir ese ahogo paralizante cuando vienen a por mí. Mi mente desconecta y regresa a aquellas calles, corriendo delante de dos bicicletas. También me ocurre cuando noto a alguien pisándome los talones, y eso que suelo caminar muy rápido. Pero no puedo evitarlo.

Esas persecuciones antepasadas culminaron en la de la violación en casa. En un lugar seguro. De nuevo, la vida te cuenta que la seguridad no es lo que pensamos.

Ahora quizá entiendas por qué, en determinados momentos, cojo la bicicleta y desaparezco unas horas. Lo hago cuando necesito darle la vuelta a ese lugar donde la perseguida soy yo. Pedaleo a la contra para no sentirme vulnerable, pequeña. De nuevo arqueada sobre mis rodillas para quemar los síntomas de pánico y de bloqueo antes de que vayan más allá.

Trastero

Entre la secadora, las maletas y las cajas con bártulos de todo tipo me hice un ring. Era pequeño, pero bastaba para combatir contra todos los frentes.

Utilicé el par de colchones de las camas nido que ya no usábamos y fortifiqué las paredes para evitar que mis gruñidos se escucharan en el pasillo. El trastero, a dos plantas por debajo de la portería, tenía al lado la sala de calderas con un sonido mecánico y constante. No solía haber mucho movimiento de vecinos, pero toda precaución era poca.

Boxeaba en aquel olor a otro tiempo, el de la nostalgia, mientras la secadora terminaba su programa que nunca me parecía lo bastante largo.

En ese cuarto lleno de recuerdos y de polvo, hacía calor en invierno y frío en verano. Por eso nunca os pareció raro que bajara en manga corta con la cesta de la ropa y subiera empapada en sudor. Sabíais que jamás cogía un ascensor si tenía unas escaleras a mano. Era una fanática de la escalada.

Frente al afán exhibicionista de los gimnasios, todo cristaleras y esquinas de calles, iluminados como si fueran escaparates, mi ring era una madriguera. Esos colchones me hacían las veces de enemigos viscoelásticos y sobre ellos descargaba toda mi impotencia.

Me batía con los brazos, daba patadas, rodillazos, gritaba como no podía hacerlo en casa. Me convertía en un bicho ingrávido que se lanzaba con ahínco sobre aquella superficie mullida. Forré el suelo con esterillas de yoga y no hice cuadrilátero porque no me habría podido mover y lo que necesitaba era luchar, desfogarme, agotarme hasta dejar de tener vértigo. Cansar al cansancio. Sin necesidad de contar hacia atrás para proclamarme vencedora. Fuera aplausos, humo, árbitro. Protector de boca.

Solo yo rodeada de recuerdos y de estímulos, de anécdotas apretujadas en las cajas y en el cuerpo sedoso de la ropa seca.

[mujeres que pelean]

Pelear con los puños, cuerpo a cuerpo, surgió en Etiopía en el 6.000 a. C. De ahí pasó a Egipto y a Mesopotamia. Existen registros arqueológicos rupestres en Argelia, Creta y Bagdad, entre otros enclaves, que atestiguan estas luchas que se popularizaron en la Inglaterra del siglo XVIII.

Jack Broughton, considerado el padre del boxeo moderno, definió a mediados del siglo XVIII las nuevas reglas (desde el tipo de golpes hasta de movimientos) para el ring e introdujo los guantes en las peleas. Hasta ese momento, los luchadores protegían sus manos con una solución de soda, que endurecía la piel o eso se pretendía —objetivos del efecto placebo— al aplicar la friega.

Pero no me interesan ellos. Quiero hablar de esas mujeres que demostraron que no eran flores campestres. Que no eran frágiles y no estaban dispuestas a quedarse quietas. Unas tipas de armas tomar, que poseían una belleza indomable y no se achantaron ante las burlas, los obstáculos o la continua ridiculización que plantearon sin cesar las mentes obtusas.

Antes de contarte la historia de estas boxeadoras, quiero hablarte de sus madres naturales, las amazonas. Esas guerreras libres, nómadas, que se defendían con arcos, hachas y todo lo que fuera necesario para mantener su identidad.

Realidad o mito bien inventado por los hombres, lo cierto es que este modelo de mujer atrapó la atención de escritores, historiadores, escultores y pintores por ser independientes, belicosas y bellas —ser guapas les hacía ser consideradas más temibles, toma nota—. Los griegos y los persas construyeron una buena colección de leyendas y personajes en torno a ellas y a sus héroes, desde Aquiles o Teseo a Hércules y Alejandro Magno.

Se dijo de ellas, entre otras muchas cosas, que eran lesbianas porque no eran nada propensas al matrimonio y a vivir con hombres. Pero esa etiqueta cae por su propio peso cuando se analizan sus relaciones sexuales, intensas y esporádicas, tantas como necesitaran para procrear o gozar cuando les apetecía. No obstante, se insistió durante siglos en que iban contra los hombres, contra sus hijos, a los que dejaban cojos o ciegos si nacían varones, o contra sus amantes, a los que mataban cuando las habían complacido. Había que generar humo a su alrededor para no centrarse en su valía.

Pero el mito de los mitos sobre ellas que ha llegado hasta nuestros días es el de hacerlas portadoras de un solo pecho, porque el otro directamente se lo cortaban o se lo quemaban. Esther Peñas en su obra *De la estirpe de las amazonas* lo desmiente al humanizar y contextualizar a estas mujeres poderosas. Según la autora, esa mutilación del pecho no fue tal; en el caso de haberlo hecho, habrían muerto desangradas. Quizá esa amputación se creó para ensalzar que no daban de mamar a sus hijos y que eran grandes guerreras. Pero para ser hábiles con el arco o la jabalina no necesitaban tener un único pecho. Despojarlas de un pecho era convertirlas en seres híbridos, alejados de su feminidad, de sus encantos físicos. Una condición que las hacía ser tanto o más violentas que los hombres. Casi unas iguales. Casi. Siempre hay un matiz para la igualdad.

Elizabeth Wilkinson fue la primera inglesa que tuvo claro que quería boxear. Era 1722. Tuvo que aguantar las críticas e imagino que numerosos inconvenientes por ir a la contra. Luchó por que las mujeres tuvieran la libertad de decidir lo que querían y de hacerlo en igualdad de condiciones (con las mismas reglas y en los mismos sitios que los hombres y con la ropa adecuada, no semidesnudas como las obligaron a hacer en algunas competiciones clandestinas).

El boxeo femenino resistió, y eso que la sociedad se lo puso difícil. El falso ideal de belleza femenino, basado en el cuidado y en un canon deportivo absurdo, encasilló este arte durante mucho tiempo dentro de las prácticas circenses o de los espectáculos de variedades. Lo más sangrante fue la incorporación de los combates en los concursos de belleza. Ocurrió en Estocolmo en 1950.

El 16 de marzo de 1876, Nell Saunders peleó contra Rose Harland en el primer combate oficial femenino en EE.UU., que se celebró en el Teatro Hill de Nueva York. La ganadora se llevó como premio un plato de plata lleno de mantequilla. ¿Qué te parece?

En 1880 aparecen los primeros registros de mujeres boxeadoras en Suiza, la mayoría eran mujeres o hermanas de entrenadores. En 1910 se abrieron academias femeninas en la zona francófona. Pero las suizas tuvieron que esperar nada menos que hasta 1990 para gozar de un espacio y un estatus dentro de la Federación de Boxeo.

El combate femenino es un tira y afloja de lucha social y deportiva. Había que pelear durísimo para hacerlo profesionalmente. Hay tantos ejemplos como boxeadoras lo intentaron, llegaron y consiguieron ser lo que querían. Nadie les regaló nada.

En 1920, Andrew Newton, que era campeón británico de peso ligero, funda el Women's Boxing Club de Londres para saciar las ganas de pelear de su sobrina Annie Newton. Su rival iba a ser Madge Baker. El combate fue anunciado por todo lo alto, pero al no haber consenso se planteó convertirlo en una exhibición en la que ella, Annie, se enfrentaría a tres boxeadores en dos asaltos. Migajas de ring para contentarla.

Aquel cambio de última hora le pareció una auténtica aberración al Ministro del Interior, Sir William Joynson-Hicks, que suspendió a Newton y solo le permitió entrenar con público. Ea, castigada por chula. Annie Newton no combatiría con sus puños como le habría gustado, pero nadie, por mucho cargo que ostentara, le iba a cerrar la boca. «La decisión de suspenderme no va a cambiar nada. Seguiré entrenando en el gimnasio y guanteando con mis compañeros. Seré una más y eso no lo podrán cambiar jamás. También os digo que a lo mejor no veo ese día, vosotros tampoco, pero sé que habrá un futuro en el que, guste o no, el mundo podrá observar a las mujeres competir en el ring si es lo que desean».

Su fortaleza ayudó a otras muchas mujeres a perseverar en ese camino, que no fue corto ni fácil. Gran Bretaña prohibió el boxeo femenino en 1880 hasta un siglo después. En 1996, tras ciento dieciséis años, se deroga la ley que prohibía competir a las británicas.

El desarrollo de este deporte para las mujeres tuvo lugar en EE.UU. y en algunas ferias itinerantes en Europa, pero sin regirse por ningún ordenamiento ni reconocimiento para estas deportistas.

En España, un artículo del diario *Crónica* del 6 de septiembre de 1931 da testimonio de la existencia de las boxeadoras del Paralelo de Barcelona. Doce mujeres que peleaban entre ellas en las tres categorías de peso (pesado, medio y mosca), como una circunstancia más que peculiar. El tono burlesco y nada respetuoso hacia este deporte practicado por mujeres se deja ver en otro artículo escrito en 1933 en *La Voz*.

Desagravios, malos chistes y muchas piedras en las botas. La dificultad siempre ha sido una coordenada más para nosotras.

Jeanne Lamarck, conocida como *la Condesa*, ayudó a visibilizar la lucha femenina en Europa y Estados Unidos durante esa década de 1920. Pero hasta la aparición de Barbara Buttrick, en 1940, no podemos hablar de boxeadoras. Barbara se marchó a Estados Unidos para hacer carrera. Se la conoció como el «poderoso átomo del cuadrilátero». Participó en más de mil combates de exhibición, treinta y dos profesionales, de los que ganó treinta. Peleó contra hombres. Era imbatible.

En 1959 protagonizó junto a Gloria Adams el primer combate retransmitido por una emisora de radio, la WCKR de Miami. Fundó la Federación Internacional de Boxeo Femenino en 1990.

La Gran Guerra propició en EE.UU. que un nutrido grupo de mujeres de clase alta se sumaran al boxeo. Entrenaban, aunque no competían porque por aquel entonces estaba vinculado a las clases bajas.

En 1904, en los Juegos Olímpicos de San Luis, el boxeo femenino fue incluido como deporte de exhibición, no de competición. Para que eso sucediera habría que esperar hasta los Juegos Olímpicos celebrados en Londres en 2012.

En 1975, las boxeadoras americanas exigen poseer licencia para combatir profesionalmente. Aprovechan el juicio de Cat Davis, Jackie Tonawanda y Marian *Lady Tyger* Trimiar contra el estado de Nueva York. Una batalla legal que duró varios años.

En 1977 las licencias se podían conseguir en 13 estados, pero Nueva York seguía sin ser uno de ellos. A la lucha de Tonawanda y Trimiar se sumó la negativa que también recibió Claire Piniazik, pero sobre todo la aparición en escena de Cathy *Cat* Davis. Aprovechó su gran altura y su condición de rubia exuberante para poner a los mandamases en su sitio, amenazando con crear una federación de mujeres para acabar con el problema de las licencias. Un año después, en 1978, la Comisión Atlética del Estado de Nueva York claudicó al ver que las mujeres eran un hueso duro de roer.

Lo malo de resumir es que siempre se quedan historias y nombres fuera, como los de Anna Lewis, Hattie Stewart, Lyb Kelly, Hattie Leslie, Dolly Adams, Cecil Richards, Polly Fairclough, entre muchas otras, que dieron el callo y posibilitaron que el boxeo femenino sea un deporte federado, tan oficial y digno como el masculino. Por eso las nombro, con todo el cariño y el respeto que merecen. Y sigo, porque hay que agradecer cada una de las hazañas realizadas por Esther Paez, María Jesús Rosa Reina, Ágatha Gracia, Loli Muñoz, Soraya Sánchez, Marta Brañas, Joana Pastrana —tres veces campeona del mundo y cuatro de Europa—, Miriam Gutiérrez y Nany Suárez.

Ahora boxear es una moda. En cada barrio hay varios gimnasios dedicados a enseñar esta disciplina que se publicitan en el metro. Curiosamente, la imagen que usan para promocionar una nueva apertura es femenina.

Canal extrasensorial

Admiro a Delphine de Vigan. Su modo de contar desde una verdad que puede resultar frágil e incómoda, pero que siempre es limpia y profunda. Aborda el dolor, el bloqueo creativo, el acercamiento a la figura materna desbrozando la oscuridad sin imposturas, para atrapar un núcleo impune que no entiende de sombras. Extrae esas moléculas que flotan en la memoria, que circulan junto a la sangre por todo nuestro cuerpo, que han formado nuestra identidad y sentimos ahí dentro, moviéndose y pidiendo la vez para manifestarse. De Vigan las saca a la luz a través de sus dedos, y hace líneas de sus historias para que se vuelvan ingrávidas y dejen de escocer.

Esas vivencias de cara lavada, ya sean cosas que le han pasado a ella misma o que transmite a través de otros (lectores, ancianos y cuidadores, niños youtubers) me hacen recuperar la confianza, dignificar la pequeñez. Conciliar el dolor con una lógica que no atiende a los sentimientos, quizá solo a la razón, a la de un momento concreto. Uno que marcó el ritmo de unas cosas sobre otras y definió una edad, buena parte de una vida.

Te recomiendo que leas *Nada se opone a la noche* y *Las gratitudes* si te interesa entender de qué te hablo. La escritura de De Vigan contiene situaciones y atmósferas que siento muy próximas. Me gusta que su forma de expresarse sea una mezcla de reflexión y escucha. De tensión y sensatez elocuente de andar por casa.

He escrito un buen montón de correos electrónicos que no he sido capaz de enviar. Todos ellos hibernan en la carpeta de borradores. No creo que se los mande nunca. Pero con saber que están ahí, que contienen un tiempo de conexión y agradecimiento me sirven para dar por emitida una conversación entre ambas, a través de canales extrasensoriales.

Quién sabe. Quizá algún día coincidamos de la forma más absurda, en un lugar de tantos, y ella sienta que nos conocemos.

Desorden

Una cazadora vaquera. Un abrigo. Una sudadera. Ropa como restos de una tormenta tropical. Pendientes. Rímel. Trozos de papel escritos y doblados en la estantería. Cedés. Pulseras. Lacas de uñas. Carpetas. La cama sin hacer. Tres pares de zapatillas y unas botas. El iPad y un paquete de compresas terminado. Un cepillo, horquillas. La taza del desayuno. El cuaderno de matemáticas.

La semana pasada te acostaste con zapatos.

¿Por qué guardas bolígrafos que ya no tienen tinta ni capuchón? ¿Por qué esa obsesión por hacerte *piercings* y llenarte de agujeros las orejas? ¿Por pintarte y parecer mayor?

Te has vuelto pasota —me niego a decir que lo eres—, malhablada y gritona. Me cuesta reconocerte.

Pasas las tardes ausente, a puerta cerrada, oculta en tu cuarto, preocupada por el wifi y la hora de cenar. Tus duchas son eternas. Estudias adoptando posturas imposibles. Apoyas medio cuerpo sobre la mesa llena de bártulos y ropa. No creo que así puedas concentrarte.

Al lado de los libros y los apuntes, siempre tienes un folio en blanco en el que vas dibujando corazones fluorescentes. Flechas. Frases. Mensajes de amor y letras de canciones.

Esta es tu jungla. No sé si la has creado para evadirte o para irritarme, pero desde luego no es producto de la dejadez. Las hormonas no van a tener siempre toda la culpa.

Estás desordenada. Perdida. Toda tú.

Te niegas a recoger, a hacer limpieza, a tirar lo que no vale. A ordenar lo que te duele. No te da tiempo. Eso me dices, que no te da tiempo, mientras soplas sobre tus uñas recién pintadas.

Quizá para ti tenga sentido este caos y no sea solo una muestra de provocación y mala baba hacia mí. «Yo no voy a ordenar y a limpiar tu casa, ¿vale? Si quieres eso, búscate una asistenta». «Yo no tengo que hacerte caso, quién te crees que eres, a mí no me mandas». «Yo hago con mi vida lo que me da la gana, a ver si te enteras». Yo. Tú. Ese «tú» no debería ser «yo». Las dos lo sabemos. Debajo de ese «tú» y ese «yo» siempre está otra fuerza mayor. En realidad, más de una. Una conjugación de factores externos, cambiantes, que por desgracia no se desgasta.

Báscula

Antes, el bidé era una pieza sagrada en los cuartos de baño. Tenía utilidad. Cuando eras pequeña, te pasabas horas sentada en él con el grifo cerrado. Como si se tratara de una bicicleta estática. También lavaste allí muchos trastos.

Ahora es una mezcla de túnel del tiempo y de cumbre borrascosa. Planchas del pelo, apuntes de exámenes pasados y, por supuesto, un rastrillo de tangas y sujetadores.

¿Por qué? ¿Para que quieres el armario?

Voy a empezar a quitar las sillas y las mesas para que hagamos vida en el suelo, como los nómadas.

Quizá crees que todas esas cosas que dejas sin recoger pueden retornar a sus sitios de origen por arte de magia, como si se tratara de un tubo expendedor de esos que hay en muchas farmacias, pero en versión disléxica. O quizá no, porque parece que el núcleo de la tierra anda mal y puede que empiece a vivir al contrario. Habrá que esperar para comprobarlo, fuera de estas paredes.

Hace tiempo que no te plancho la ropa. El recorrido de la tabla a tu cama y de allí a otros lugares la arruga, que es como a ti te gusta ponértela. «No puedo ir tan estirada, tan *perfectita*; parece que vaya a una entrevista de trabajo».

Antes suspiraba, como para hacer un barrido de frecuencia. Ahora ni eso.

Fijo los ojos en un punto y sigo, porque si no entraría al trapo y terminaría cabreada.

Ahora, al bidé le ha brotado como tapa una báscula. Quiero convencerme de que se trata de una arquitectura efímera, como de pabellón de Exposición Universal, pero tiene pinta de que se va a convertir en un dolmen.

Hoy por hoy, la báscula es el producto estrella. No del baño. ¡De la casa! Ese elemento que ha vuelto a la actualidad, como los coleteros de tela y las sudaderas universitarias, talla pívot de la NBA, rige nuestras vidas más que el Euribor. Tiré la que teníamos porque estaba ocupando sitio y no se usaba. Pero ahora es como un máquina de fichar con uno mismo.

Antes de desayunar, de comer y cenar, báscula.

Antes de salir a donde sea.

Cuando tienes la regla.

Cuando te enfadas con tu chico.

Cuando repasas una recuperación.

También he tenido que comprar una para la cocina. No para pesarnos allí, sino para asegurar que utilizas las cantidades adecuadas cuando cocinas.

Eso de tener que pesarnos en grupo a última hora del día me pone de los nervios, pero lo hago para para no sacarte de quicio y que cenes.

Respiro. Me toco los pulmones como si fueran un chaleco salvavidas.

Inspirar. Espirar.

Pego las manos a las piernas.

Me creo Esther Williams por unos segundos.

Hay que soñar sobre todo en las situaciones difíciles.

Segundos interminables.

Temo que suene el bip y te acerques a ver mi peso.

A compararlo con el tuyo. Con el de ayer. Con el del otoño anterior.

Llevas los registros en el móvil.

Tanto tiempo para unas cosas y tan poco para otras.

No es una percepción generacional.

Es una verdad.

También he tenido que conseguir un cargador de pilas porque no damos abasto.

Veo y percibo básculas por todas partes.

Gracias, Mara, por abrirme los ojos al peso neto y bruto. A la materia.

Estaba segura de que colocaba los pies como a las 14:50 por mis años de ballet, pero empiezo a dudarlo. ¿No será por esa tortura de la báscula? ¿Por esa preparación irracional y extrema antes de colocarme en ese cuatro por cuatro de cristal?

Creo que me sube la tensión cada vez que coloco los pies allí, pero no te lo digo porque tendría que medirme —la tensión— a la vez en el reloj y yo soy de letras. Y de números impares si me apuras. Pero de letras.

Me siento como la cabra de las gitanos subida a su minarete. Una autómata.

Cada noche que pasa, peso más. Y aunque no te lo creas, lo que me pesa es la impotencia, la rabia, el estupor de tener que ser un sargento haciendo horas extras.

Desde que tengo este cuaderno no ahorro en pensamientos. Los dejo salir aunque escuezan. Merece la pena porque el papel no me juzga. Me escucha y aligera la carga.

Redes

El móvil es el espejo. No hay otro.

Siempre listo. No duerme. No hay que preguntarle quién es la más guapa, ni la más rápida en contestar los «be real», ni la que mejor usa los filtros.

Salvo para abrir botellines o cambiar una rueda, ese espejo lo puede casi todo.

Te guía por calles que no conoces, con él compras, entras en el aula virtual y en TikTok. Cómo no, TikTok. Alabado sea el Magnífico Templo. Esa plataforma que lleva al planeta a bailar igual, reproduciendo las mismas y patéticas coreografías entre padres e hijos, políticos de distintos partidos y gente que influye y unos cuantos no entendemos por qué.

«Eres una siesa. Haz uno conmigo. Te prometo que no lo subo. Luego te quejas de que no quiero hacer nada contigo, ¿ves como tengo razón?».

Con hacer me refiero a otras cosas. No a memorizar pasos a ritmo de reguetón ni a sacar la lengua de medio lado mirando a cámara, recién levantada o mientras hago la cena. No me gustan Romeo Santos ni Bad Bunny.

El feísmo no es contracultura, cariño. Es algo que se puede evitar.

Sé que no estoy en la onda y no entiendo por qué la moda es ir con tops minúsculos y pantalones gigantes. Con trenzas de colegiala y uñas «tobogán» a lo Florence Griffith, Flo-Jo para los amigos. Ya sé que no sabes quién es. Lo que no entiendo todavía es cómo podía correr con esas uñas, ganar medallas y batir récords en cien y doscientos metros lisos. ¿Serían aerodinámicas?, ¿lo son ahora?

No voy a ponerme a hablar de uñas. Lo dejo para otro día.

Volvamos al espejo. A ese que no para de lanzar retos, a la misma velocidad que produce síndromes.

Para mí ese espejo es una «unidad móvil» de ti misma. Un medio hostil, propagandístico y distorsionado, que ya no sirve para su función esencial de hablar o recibir llamadas, sino para descubrir todo tipo de recetas de cocina, consejos de belleza y bienestar, trucos esclavos para «lucir mejor, ser más sexy, llamar la atención» de esa masa de marca blanca a la que no quieres pertenecer, pero te tiene atrapada.

Ese espejo es un expendedor que tan pronto recomienda champú de cebolla como retransmite *reels* de animales, cautivos en el afán transformista y exhibicionista de sus dueños.

El pelo

Tiene entidad e identidad propias.

Menudo es. Pocas tonterías con él.

Yo ya superé lo de querer tenerlo justo al contrario de como lo tenía. Al ir cumpliendo años, he decidido dejar que sea lo que es, ganar en comodidad y en tiempo.

Nunca imaginé que el pelo, cuidarlo, supusiera entrar en un agujero de gusano por siempre jamás. Rodearse de otros agujeros negros, o galaxias de productos, para hidratarlo en una primera vuelta —porque la hidratación requiere varias entregas—, rizarlo o alisarlo hasta volverlo baba de puro liso, para definir el peinado. Qué sé yo.

Peinarse a día de hoy es hacer un MIR sin residencias que valgan. Es un todo o nada.

Cuando dices que te vas a lavar el pelo, pongo el cronómetro y me encomiendo a Stephen Hawking. Porque algo que parece tan anodino, tan de «ah, me lo voy a lavar», como si nada, es un hecho digno de estudio. No ya por lo que tardas en lavarlo (en usar champú, acondicionador o mascarilla sin aclarado), sino por lo que viene después: sérum reparador para las puntas, espuma antifrizz (que evita que el pelo se quede como si estuvieras rodando una secuela de *Metrópolis*), gomina antiapelmazante y, por último, un agua que aporta brillo y esplendor a la melena.

Además de toda esa tabla gimnástica dígito-capilar, es importante —crucial, seamos rigurosos— quitar la humedad, primero con las manos y la cabeza bocabajo, luego apretando con suavidad con la toalla y después, entre espuma y agua, protegerlo con un gorro de tela, rizo o sucedáneos, donde se estire y se esponje mientras todos los hechizos surten efecto.

El reloj sigue marcando la hora. Si me pongo a leer, avanzo medio libro; si me pilla cocinando, hago un menú completo con aperitivos incluidos, escanciado de vino y puesta a punto de mesa como si viniera a cenar Eugenia de Montijo.

Cuando apareces de nuevo en este lado de la realidad, siento que he envejecido, como le pasa al protagonista de *Interstellar*. Tu pelo es una filtración en el espacio-tiempo. Parece que ha sido un instante, pero no es así. Han pasado muchas cosas entre ese antes y este ahora. Nunca te lo comento porque pensarías que estoy loca.

Perlas

Si Lázaro Carreter levantara la cabeza —Lázaro qué, me dirías—, sacaría una edición actualizada de su libro *El dardo en la palabra* porque se le habría quedado corto.

Los de tu edad diríais que está anticuado. «Eran otros tiempos». Esto os vale para casi todo. Ni pájaros ni flores, habláis fatal.

La mayor parte de tus frases están compuestas de onomatopeyas, alguna palabra en inglés, alguna que otra en jerga reguetonera y tacos, todos los que se te ocurran desde que te da por abrir la boca y hablar. En ese momento es como si saliera de ti un tren de la bruja con déficit de escobazos y al mínimo movimiento, ¡zas! un barrido en toda regla, pero no el último.

No entiendo cómo te divierte sonar mal.

«Es mi forma de hablar, todo el mundo habla así y a nadie le molesta, solo a ti».

No me lo creo.

Cuando me topo con grupos de adolescentes por la calle, activo el modo escucha para comprobar cómo se las gastan.

Ellos, con esos flequillos que les tapan un ojo y les perforan el tímpano porque seguro que tienen las puntas abiertas. Ellas, con el uniforme customizado y maquilladas como si formaran parte del reparto de *Big Little Lies*, con bolsos de muchos euros, muy propios para llevar las libretas y los archivadores. «Es que donde esté una buena piel, que se quiten todas las mochilas de este mundo». Frase a tener en cuenta para poner en mi nicho.

Esta es la descripción y el nivel antes de que abran la boca.

La abren, por supuesto, y el resultado es de llorar.

«Puta, ¿a qué hora quedamos con esos gilipollas?»; «Sois unas guarras de las buenas, luego nos vemos, dile a la zorra de tu amiga que no sea tonta y se venga», «Irá si quiere, joder, está hasta el coño de que seas tan pesado».

Cantarán, reirán y beberán esa noche que parece que se les presenta tan buena.

Lo malsonante os atrae. Se cotiza al alza.

«Eh, tú, vieja, ¿qué miras? ¿Algún problema?», me escupe un flequillo con patas. Eh, tú también es de uso común. Mal de muchos, miedo de pocos. En este caso, el mío.

Los miro fijamente antes de cruzar la calle, no la mano sobre su cara. Podría decirle al que me ha escupido que tiene caspa y principio de alopecia, pero me da pereza. Que se entere él solito cuando le toque.

Me meto en mi concha para evitar que sus perlas me reboten. Pero es inevitable: sus voces se quedan sobre mi espalda, crujientes e hirientes. Como dardos. Hablan y se ríen de mí.

«Puta estirada de la hostia».

Si Diego Manrique abriera los ojos, se tiraría de cabeza al mar.

Ni vidas, ni ríos, ni leches.

Esta forma de hablar es morir.

«El lenguaje es algo vivo, no me jodas, está para usarlo», me dices.

Pero esto no es usarlo. Es agredirlo, romperlo, dejarlo inconsciente.

Si Benedetti levantara también la cabeza, te querría/os querría durmiente/s, más que ausente/s, pero callada/callados, sin duda, envueltos en vuestras melenas y en vuestras pieles vueltas. Lejos y afónicos.

Qué me pongo

Cada vez que lleno una lavadora de vaqueros, pienso en el agujero de la capa de ozono. En que un día vendrá a engullirme sin piedad.

Cuando los armarios y las cómodas se rebelen, me pillarán los dedos. No me dejarán meter más ropa tuya. Será un castigo bíblico por consentirlo. Por lavar, planchar, doblar y colocar semejante paraíso textil.

«¿Qué me pongo?». Tiemblo al oírlo.

No lanzas la pregunta cuando quedas con unos amigos para hacer algún plan que te pilla de improviso, no.

«Si se va a la calle, se va bien o no se va».

Tonto el último.

«A clase no hay que ir cómodo, hay que ir bien».

Ir bien. Tomo nota.

Tu definición de ir bien y la mía no coinciden desde hace tiempo.

El día que tengas que ir bien, pero bien, no sé qué te va a pasar. Habrá que llamar a Georgina Rodríguez, esa mujer hecha a sí misma, para que venga a sacarte del apuro y te asesore. Con sus consejos podrás ir como Cher, Máxima de los Países Bajos o Patti Smith en función del momento. Antes y para que pueda darte las claves maestras, habrá que explicarle a Georgina quién es cada una de estas mujeres, pero no importa. Nooo. Cuando se trata de que vayas bien, hay que hacer lo-que-sea-necesario. Lo-que-sea.

Te lo juro por Qatar y sus aires liberales.

El burka allí es una precuela, un Matrix de la moda, nada que ver con la religión ni la opresión. No te dejes influir por lo que dicen los periódicos. Envidia, sacan esas cosas por envidia y porque hay que vender y lo de las sopas y las colecciones por fascículos los fines de semana ya está muy pasado. Aunque en este momento, tal y como están los precios, mucha gente se compraría el suplemento del domingo con tal de tener un plato asegurado y el estómago medio lleno.

Si hace un frío de pelar, vas en tirantes. Cuando los peces beben y beben y vuelven a beber porque hace un calor de tres pares de narices fuera y dentro del agua, te plantas las Martens y una sudadera porque seguramente vas a volver tarde. Como si tuvieras que recorrer kilómetros de dunas para llegar a casa.

Ahora que podemos comer lo que nos apetezca cuando nos da la gana porque nos reímos de las estaciones y sus ciclos, parece que hay que vestirse sin estación. Y sin gusto, no me puedo callar. Por ejemplo, con zapatillas de piscina modelo Munich 72, esas de rayas blancas y azules, de pala ancha. Llevarlas con calcetines gordos y vestido es lo más, o el pantalón de chándal sin gomas en los tobillos con americana. O los zapatos de cordones con calcetines invisibles.

Y me llevo cuatro. Esa sería la comprobación de que hemos hecho bien la división del fondo de armario y de que estamos al día en tendencias.

Ahora también está muy de moda llevar camisetas deportivas básicas con un buen collar de perlas. Y las uñas de colores, de gel y tal —el y tal se utiliza mucho, enfatizo—, pero descascarilladas. Como Patricia Arquette en *Amor a quemarropa*.

Un poco de marcas de toda la vida, alguna joya de la abuela y a comerse el mundo con suelas de goma. Eso es lo único que nos mantiene unidas a ti y a mí. Tú eres la *fashion*. Yo soy la *victim*, querida.

«No tengo dinero para ver algo tan feo», reivindican las Bistec. Ese himno que es todo un credo para mí y un segundo elemento que disfrutamos en común. Curioso, tenemos un par de cosas en común.

Ni tan mal, me dirías. Ni tan bien, pienso yo.

Calles

Años llevándoos de la mano de aquí para allá por la ciudad, pateándola, y parece que no ha servido más que para gastar suelas y definir un poco vuestros gemelos.

Ahora no llamáis a las calles por su nombre. Les ponéis apodos o las abreviáis. «Es que se llaman así».

Eso decís de las que os sabéis porque desconocéis la mayoría de ellas.

Me entra la tentación de poner a U2 —*When the streets have no name*— como hilo musical los próximos meses, aun sabiendo que el mensaje subliminal no lo captarías. Soy una romántica.

De nada ha servido recorrer los mismos barrios, plazas, puentes, parques una y otra vez. No sabes llegar a los sitios. No ubicas las zonas. No recuerdas.

«Es que ahora no necesitamos ir con mapas como en tu época. Con Google Maps llegamos a todas partes».

Al oír esto me miro de arriba abajo para comprobar si las labores de restauración y mantenimiento (carbono-14 incluido) están en condiciones, y no se me va a desprender ningún trozo de piedra caliza porosa de la nariz o las orejas. Me viene a la mente una imagen de la Dama de Elche, que siempre me ha recordado a Concha Márquez Piquer, y siento una mezcla de risa histérica y cólera.

Para empezar, constato que debo de ser de otra civilización. En la íbera no me reconozco por más vueltas que le dé. Si puedo pedirme civilización, elijo la egipcia, que es la que más me gusta por antigua, misteriosa y jeroglífica.

Mapas.

Mapas.

No estoy haciendo esto como cuando eras pequeña y me hacías repetir «jamón», como si fuera un *alter ego* de Mike Oldfield, para escuchar «monja» como resultado de la repetición hasta el infinito. Aquello te hacía mucha gracia.

Ahora no van por ahí los tiros. Me digo mapas lento, tan lento como puedo para que resuene en mi cabeza como un mantra tibetano sanador.

No sé qué chakra se me abre y cuál se me cerrará al vacío para siempre al repetir esta palabra, pero al menos hay un tráfico de energía dentro de mí.

Me quedo con lo positivo.

Mapas. Mudos. Físicos. Políticos.

Esos que cuando te tocaba rellenar te provocaban los siete males porque para ti la geografía era como una reunión de Tupperware.

Algo rancio, desconocido, de una época tan lejana como las pirámides o *La casa de la pradera*.

«Si no sé dónde está Zaragoza o Uganda, ¿qué? ¿Por qué me tengo que saber todos los ríos, las montañas y los mares muertos? Saberlo no me va a servir de nada».

Pero eso sí, llevas descargadas en el móvil trescientas mil apps sobre salud y belleza que te escanean la composición de todos y cada uno de los productos que comes o usas.

Si te diera una Guía Campsa, no sé qué harías con ella. No voy a hacer la prueba. Pensarías que son patrones de ropa o mandalas. Me mirarías con esa cara tuya de «si con esta edad estás así, no quiero ni imaginarte dentro de unos años, menos mal que lees», y me soltarías, tajante, que ahora no tienes tiempo, edad ni condición para pretecnologías. Ole mi niña.

Comida

Has pasado de adorar las salsas y el aceite a desterrarlas.

La freidora de aire llegó a nuestras vidas a la vez que las planchas para el pelo y la báscula de última generación. En la temporada de invierno, como los grandes fichajes en los clubes de fútbol.

Hay semanas que te interesa el aguacate, pero rechazas la verdura y la lechuga «dura», como si se tratara de una droga; otras te da por entregarte con fervor al horno, a cocinar recetas que se quedan crudas y que cuesta despegar de la bandeja porque van a pelo, sin aderezos. Otras, sin embargo, quizá por las fases de la luna o el colapso de TikTok en algún tramo del día, te da por hacerte bocatas de chorizo y canelones. Por separado. Por comer cereales a deshora. Por deglutir pellizcos de croissant.

Le has declarado la guerra al pescado, a los fritos y a los rebozados.

Todas estas nuevas normas son letras que se van borrando de un crucigrama que ya estaba hecho. Resuelto con rapidez.

Ahora no. De un tiempo a esta parte, cocinar sin preguntarte es un desastre natural. No exagero. El humor te cambia. La cocina se convierte en un ring.

Termino con la mandíbula a reventar. Un día va a salir despedido un diente por culpa de la tensión. Es entonces cuando pienso que a lo mejor tenía que haberme hecho ese seguro de defunción para estar cubierta.

No hay parámetro. Solo tiempo de descuento, de descontento, mala baba y jugos gástricos que gritan y chocan contra la mesa a medio poner.

Al final resolvemos el partido, pero lo que me dejo en el camino es una barbaridad. Cuando nos sentamos a comer, a mí se me han quitado las ganas de abrir la boca en general. Pero hablo, como, intento reírme. Recuperar el tono y recomponer un aire de normalidad sobre algo que no lo es.

Comes en platos y cuencos pequeños. Como de casita de muñecas. No tomas leche. Yogures y queso sí, menos mal.

La clave está en beber mucha agua. En hacer ejercicio. En no estar demasiado tiempo sentada. En pasar de pie lo que dura la digestión y en montar en bicicleta en las horas de máximo calor. Eso dices.

Lo de beber mucha agua es lo único que apruebo y te aconsejo porque te estás convirtiendo en una Mara pegada al hueso. Como yo en su día.

«Eso lo dices porque eres mi madre, pero mira qué muslos y qué brazos».

No lo ves. Tus ojos cóncavos te muestran a otra que te saca de quicio porque no entra en la talla 12 de Zara Kids. Ese es el problema.

Abismo

Han sido dos intentos en cuatro meses.

La primera vez probaste con pastillas. No sé cuántos blísteres de Lexatin, Enantyum y Orfidal te tomaste. Te encontré inconsciente en tu cama. Habías dejado una nota y todo.

¿Cuánto llevabas preparando aquello?

Llamé a la ambulancia porque no era capaz de despertarte. Tuvieron que hacerte un doble lavado de estómago. El arsenal químico que ingeriste era espeluznante. Te quedaste ingresada en Psiquiatría varias semanas.

Esos días te los pasaste a la defensiva, con el cuerpo en tensión y muda. Los médicos no consiguieron sacarte ni media palabra. A mí directamente ni me mirabas. A tu padre, a ratos. A él le cogías la mano.

¿Por qué ese silencio? ¿Por la rabia de no haber conseguido quitarte de en medio? ¿Por vergüenza o por miedo a tener que dar explicaciones?

Volver a casa se convirtió en un horror. No podíamos dejarte sola, pero tampoco debíamos estar pegados a ti todo el día. Había que estar sin estar. Vigilarte con cautela. No imaginas lo difícil que nos resultaba a Leo y a mí hacerlo. El hecho de que no quisieras salir de tu habitación, estar allí con la puerta cerrada, lo complicaba aún más.

Con mucho cuidado logramos instalar una pequeña cámara detrás de una estantería. Eso nos permitió saber qué hacías y no darte la lata. Pero había muchos puntos ciegos: la terraza de tu habitación, el baño, el resto de la casa.

La noche.

Si querías intentarlo de nuevo, conseguirías el modo. Tenías todo el tiempo del mundo para diseñar nuevos planes de fuga.

La segunda vez optaste por cortarte las venas de las dos muñecas. Afortunadamente, Leo sintió que tardabas mucho en salir de la ducha, entró y te encontró sumergida en tu propia sangre. No sé cómo tuvo la frialdad y el valor de coger la camiseta y el pantalón de pijama que habías tirado en el suelo y usarlos para hacer un torniquete con ellos en ambos brazos. Te encontró ausente, aunque no dormida. De nuevo, la ambulancia. De nuevo, el ingreso en la planta de Psiquiatría, esta vez durante más tiempo.

Esa etapa de hospital de día y de estancias largas en la clínica nos ocupó años.

Perdiste varios cursos para aprender a conocerte y a aceptarte. No tengo claro que lo hayas logrado. Me basta con mirarte.

Nadie está preparado para este tipo de aprendizaje. Tú no lo estabas. Tampoco nosotros. No se trata de un conocimiento lineal y progresivo. Las recaídas, los puntos oscuros con todas sus debilidades, suman más que restan. Es un estado donde la ganancia, la claridad de ideas y el compromiso con uno mismo parte de la pérdida como concepto absoluto. Por más veces que vayas, que te hayan aislado, que te escuchen, no creo que te encuentres porque no te gustas aunque intentes demostrar lo contrario.

Cada vez que ingresabas, te hacían desnudarte en una sala diáfana, de luz fluorescente y suelo de linóleo deformado. Tenías que ponerte de frente, de espadas, colocarte en cuchillas como si fueras a hacer sentadillas para demostrar que no llevabas nada de lo prohibido (móvil, objetos punzantes, tabaco) guardado dentro de ti.

No lo vi. Solo podíamos acompañarte hasta la puerta del pabellón. Me lo contaste, ¿recuerdas?, hace relativamente poco. Este escaneo físico era obligatorio para dejarte ir a una habitación compartida con otras pacientes cada vez más pequeñas, con problemas de alimentación y de autoestima.

Esas niñas con ganas de no vivir se convirtieron en tu nueva familia, en un nuevo impulso para sacar a relucir tus cuidados, pero con ellas no pudiste esmerarte. El sistema no te dejaba. Las estancias eran distintas; se perseguía que conectarais, pero no hasta el punto de influir unas en otras. De ahí las rotaciones, los cambios de compañeras en las habitaciones, los cuadrantes para las salidas cortas una vez a la semana.

Tu ira no desapareció. Se volvió más lacerante y cáustica. Es como si el hecho de haber valorado irte con tanta insistencia te hubiera vuelto más fría. Sobre todo conmigo.

Adopción

Esa fuerza centrípeta que te batía la sangre era material fotovoltaico. Una mina de explosivos continua, un polvorín que había que aplacar como fuera porque tú nunca te dabas por vencida. Siempre has tenido preocupaciones impropias, obsesiones sobre temas que no te tocaba asumir ni podías organizar o solucionar cuando te surgían.

Uno de los que te ocupó más tiempo y espacio fue el de la maternidad. Eras una enana de voz nasal cuando proclamabas, con la misma soltura que repasabas la tabla del nueve, que querías ser madre, pero sin quedarte embarazada. No ibas a pasar por eso. «Por ese dolor, por ese trauma». Tú querías adoptar. En determinados momentos del día y en determinadas calles —no sé muy bien por qué, quizá algunos sitios emiten unas frecuencias que potencian el reloj biológico o las altas capacidades—, sacabas el tema, no para hablar una vez mas de él, sino para tenerlo todo claro y, a ser posible, organizado.

De la misma manera que a las niñas de tu edad les interesaba cambiar cromos repetidos, tú necesitabas saber en qué consistía la red nacional e internacional de adopciones, si había oficinas, dónde estaban, en qué horario atendían al público por si nos pillaba alguna cerca y podíamos pasarnos a preguntar por los formularios de adopción y por las cosas que se necesitaban para que se pusiera todo en marcha y pudieras tener a tu hijo. Por cierto, lo que más te inquietaba era saber cuánto tiempo tardaban en tramitarlo y en decirte si lo habías conseguido. Lo decías como si en vez de una adopción se tratara de ir a comprobar si habíamos tenido suerte con la Bonoloto.

No había manera de convencerte de que aún no era el momento de hacer esa visita. Eras una niña. Si seguías sintiendo la misma necesidad más adelante, te acompañaría sin poner una sola pega, ahora carecía de sentido. Cuando me escuchabas decir aquello por enésima vez, hinchabas las carrillos y te ponías a mirar al suelo. Eso significaba que dabas por concluida la charla en ese momento, pero volverías a la carga. Nada te iba a parar. No sé de dónde te brotó aquella necesidad por adoptar, pero te duró mucho tiempo. Quizá ya tuvieras claro que querías crear lazos externos, separados de la genética y de su instinto de conservación. Buscabas salvar a un niño... ¿como te hubiera gustado que hicieran contigo? ¿Así te sentías?

[hiperosmia]

La tiene Joy Milne. Se trata de un aumento exagerado del olfato que te hace percibir los olores casi como los perros. Me produce envidia.

Esta enfermera jubilada empezó a notar que el olor de Leslie, su marido, estaba cambiando. Se iba volviendo más graso, más como «una mezcla de leche agria con almizcle». Reconoció el párkinson que padecía antes de que se lo detectaran, mucho más tarde, cuando ya sufría temblores.

Ojalá tuviera su capacidad para adelantar síntomas y saber cuándo algo no va bien. Si hubiera contado con un olfato así, habría entendido qué te ocurría antes de que tú lo notaras. Te habría ayudado más. Pero no tengo ese superpoder ni por asomo.

La nariz prodigiosa de Joy Milne se convirtió en un hallazgo científico que Tilo Kunath, jefe del equipo del Centro de Medicina Regenerativa de la Universidad de Edimburgo, se propuso tener en cuenta como un nuevo criterio de prevención.

Para confirmar su capacidad de detección, Kunath le dio a oler doce camisetas (seis de personas afectadas con párkinson y otras seis sanas). Joy las olió y no tuvo dudas. Acertó todas las muestras. Incluso halló indicios de enfermedad en una de ellas, de un paciente no reconocido como enfermo de párkinson en ese momento.

Me da envidia, no lo puedo evitar, pero tiene que ser difícil gestionar esas confirmaciones olfativas. Porque Joy Milne no solo tiene nariz para el párkinson —que huele en el supermercado, por la calle, allá por donde va—. Esa información llega a ella y la guarda para sí porque considera que no es quién para ser portadora de semejantes noticias. Eso se lo deja a los médicos.

Cada enfermedad tiene para Joy unos matices diferentes, imagino que incluso más que para otros individuos con hiperosmia, porque también es sinestésica (sus percepciones sensoriales tienen colores, texturas, imágenes). El alzhéimer por ejemplo, le huele a pan de centeno; el cáncer, a setas; la tuberculosis, a cartón mojado; y la diabetes, a laca de uñas dulzona.

Un sentido como el suyo está siendo aprovechado por el equipo de Perdita Barran en el Instituto de Biotecnología de la Universidad de Manchester para desarrollar el proyecto de *NoseToDiagnose* (de la nariz al diagnóstico), con el que conseguir una prueba que pueda determinar la enfermedad en dos minutos.

Se prevé que en 2040 podría haber catorce millones de enfermos de párkinson y una prueba rápida de medición de la enfermedad sería muy útil.

¿Qué habría encontrado Joy Milne si te hubiera olido? ¿Cuántas pistas, de qué tipo? ¿Qué aspecto tendrían? ¿Qué proporciones?

Reconozco que me habría gustado saber su diagnóstico. Conocer su estadio, sus efectos secundarios. La posibilidad de cura. Para acertar y poder salvarte de ti misma. Y a mí de mí. Porque llevo demasiados años creando horizontes circulares.

Pero Joy Milne es una ilusión que rescato y en la que me deleito ahora mismo. Una bengala que zigzaguea al mismo ritmo que mi mano va dejando huellas sobre este cuaderno de campo.

Sueño

Llevo a cabo todas las recomendaciones. Ceno poco y pronto. No uso el ordenador ni la tablet a partir de las ocho de la tarde. Dejo el móvil lo más lejos posible de la habitación. Impongo el destierro a la luz azul hasta el día siguiente. Llevo ropa ligera. Siempre manga corta y un pantalón de pijama de algodón. En la cama, sábana y manta. Nada de nórdicos. Me asfixian.

Y ni por esas.

Dejo la persiana subida para que se filtren las sombras en el techo. Espero a que me cuenten cosas, que logren hipnotizarme esas formas expandidas y el sonido metálico del asfalto bajo los neumáticos.

Me cuesta relajarme.

Estoy tan en tensión que, cuando me tumbo bocarriba, la cabeza se me queda disparada, como esos muñecos que se usan para enseñar técnicas de primeros auxilios. Reanimación, en concreto.

Esa posición inicial es como si me hubiera quedado en pausa siguiendo un video de Jane Fonda en plenos abdominales. Pero luego me toco la tripa y el culo y compruebo que no, que lo único que tengo duro como una piedra es el cuello.

Dichosas horas.

Ni melatonina, ni infusiones de bienestar, ni sonidos tibetanos.

Mi respiración intenta apaciguar esa cabeza que parece un coche de choque. Golpe, movimiento corto y rápido. Nuevo golpe. La mente se sigue chocando en su propia pista. Agilidad y control de mandos.

¿Contar? No cuento nada.

Las pensamientos me salen solos, como los créditos iniciales de *La guerra de las galaxias*. De abajo arriba. Llenan la oscuridad.

Así, con la cabeza a dos palmos de la almohada, sorteando meteoros cerebrales, se me suben los gemelos.

Una noche más luchando también contra el sueño.

Miedo

Abrir los ojos era asumir la realidad.

La de volver a ser una persona segura, ordenada, cabezota y constante. Puntual. Una mujer resolutiva y alegre. Alguien que tiene las cosas bajo control.

Esa tenía que ser. Nadie sabe lo que me cuesta llegar a serlo.

Al principio sentía una torpeza infinita a la hora de amoldarme a este otro yo. Me tropezaba conmigo misma. No me movía con naturalidad. Necesitaba desayunar sola, sin ruido, y respirar todo lo posible antes de ir a vuestra habitación y abrir las ventanas para que las horas comenzaran a rodar. Para que me llegara un poco de oxígeno, porque sentía tenso todo mi ser.

La repetición hizo que meterme en ese traje de buzo fuera un proceso menos reflexivo, cada vez más automático, que hacía sin plantearme. El único objetivo era ser esa persona. Hasta que llegaba la noche y podía apretar mis rodillas contra el pecho. Volver de nuevo a mi yo vulnerable y frágil dentro de la cama.

A pesar del esfuerzo, el estado de alerta no me abandona.

Los días están llenos de trampas.

Las calles conocidas no me dan ninguna seguridad, por más veces que las haya recorrido.

Funciono por metas cortas.

No me habitué a vivir con miedo. No pude. Creo que porque no se puede.

Aprendí a mirarlo de frente, a no esquivarlo ni hacer trampas.

Fue algo tan presente durante tantos años que supe graduar su volumen, como si se tratara de un sonido poderoso que me volvía inconsistente. Pero poco más.

Mantuve hacia él un respeto de plomo.

Todavía hoy, cuando pienso en esos días, lo siento cerca, al acecho.

Dentro de mí. Agazapado.

Madres locas

Ya solo se encuentran en algunos chinos y en algunas jugueterías de barrio.

Esas manos gelatinosas, de plástico, que se lanzaban e iban recorriendo la pared o lo que fuera, de arriba abajo, cada vez más rápido.

Hay días que me gustaría convertirme en una de esas manos y lanzarme.

Reptar hasta quedar agotada e inservible, y antes de que me den por perdida, resucitar convertida en otra madre loca y luego en otra y en otra. Así hasta acabar con todas las existencias de plástico cósmico, porque sería imposible reconstruirnos en material eco. Ya somos sostenibles. Todas y cada una de nosotras. A ver si os enteráis.

Me encantaría que hubiera una plaga de madres locas cayendo sobre los capós de los coches, sobre las rutas de los colegios, sobre los supermercados, las discotecas, los parques y las pantallas gigantes de televisión cuando transmiten partidos de fútbol y concursos en islas. Sobre los estantes de las droguerías donde se colocan las compresas, los tampones, los geles íntimos y las copas menstruales.

Que saliéramos en masa sobre las encimeras de todas las cocinas hasta taponar las neveras y las placas de inducción, gas y vitrocerámica, los hornos y los microondas, las despensas, las neveras y los congeladores para no tener que pensar en la próxima comida, cena y fiesta de guardar.

Formar una marea de madres locas que tomen Hacienda y los Ministerios correspondientes hasta conseguir un bonus y una deducción por ser lo que somos.

Madres dispuestas a convertir el agua en vino, los pantis en mañanitas, el frío en calor. La maternidad en I+D. El repaso de los exámenes en nuevos itinerarios del Camino de Santiago. La paciencia en criptomoneda.

Un tornado de madres locas que se llevara por delante todas las periferias y la lluvia que cae antes y después de las horas de clase y de las extraescolares.

Toda la tensión, todas las horas no dormidas. Todo el vértigo.

3
El pasado como luz

Efecto secundario

De pronto, llega el momento y no hay excusas.

Surge el cansancio como una pesadez de madera y barro seco, como el diluvio antiguo que es.

He hecho demasiados reseteos del sistema. He creído, me he esforzado, me he peleado conmigo la misma infinidad de veces, pero la filtración siempre es la misma. Yo. Mi desencanto. La impotencia que se me ha pegado detrás de los ojos.

Es desarraigo. Hartazgo. De tantas cosas, Mara, que si empiezo a nombrarlas temo no parar.

¡¿Y qué si no paro?!

Me he cansado de pensar. De sentirme culpable.

Harta de la paciencia cultivada, del tramoyismo constante que he ido montando a lo largo de este tiempo para adaptarme a todo lo que fueras creando, rompiendo, echándome encima.

Estoy agotada de aguantarte, de temerte, de odiarte, de no soportarte, de evitarte. Sí, estás leyendo bien, Mara. Estoy hasta las narices de sufrirte y, a la vez, de tener la capacidad y el instinto de cuidarte, de intentar educarte. Y, a pesar de todo lo malo, lo obtuso y terrible, de quererte. Tanto que no lo puedo cuantificar, pero te aseguro que se acerca al todo.

Es una dualidad diabólica, lo sé, pero es la verdad. El centro de la diana en la que llevo moviéndome casi desde que naciste.

Nunca imaginé una maternidad tan dura y descarnada. Tan construida sobre el desarraigo.

Se ha hablado mucho de lo que marcan las infancias disfuncionales en la formación de personas que terminan siendo asesinos, pederastas, violadores. Seres al margen porque no han tenido amor, ni un hogar cálido, ni un inicio de vida de leche y migas de magdalena, de regalices y rodillas desolladas.

Que un padre o una madre diera una mala infancia a un niño era la clave para entender su oscuridad adulta. Sin embargo, poco o nada se ha planteado acerca de cómo afecta a personas ya prácticamente formadas vivir, por culpa de un hijo, de forma traumática el paso a la madurez.

¿En qué nos convierte o a qué nos expone esta permeabilización diaria durante años, ese no final de la escapada? ¿En un peligro público, en enfermos privados? Creo que en ninguna de las dos cosas.

No somos amenazas para el resto. Lo somos para nosotros, porque el riesgo de aguantar, de transformar el caos y el dolor, no da una patología concreta o nueva, simplemente hace del riesgo una especie de logaritmo que cada madre o padre afectado ahormamos de una forma distinta. Sin ventajas, a tiempo real y directo. Como se va pudiendo.

Es la apuesta menos segura del mundo. La de generar resistencia a tan largo plazo como sea necesario.

Tengo ganas de encontrarme al fondo de este camino con mi verdadero cuerpo, conmigo, de una vez. Confirmar que no me he perdido.

Que sigo entera.

Después de todos estos años, a menudo me pregunto: ¿quién doma a los domadores, Mara?

Siento que formo parte de una especie en extinción.

Madison

No Square, sino sus puentes. Los de Clint Eastwood y Robert Weller. Esos puentes de sol y de tránsito.

El aura de Francesca.

Al escribir pienso en ella. En la carta que encontraron sus hijos, Caroline y Michael, al deshacer la casa, una vez muerta. Los dos, sentados en el porche, leen y beben, como si fuera un villancico mezclado con sevillanas. «Leen y beben y vuelven a leer». Pequeños peces de río descubriendo a una mujer. Algo más que una madre. Su parte desconocida, dolida. Generosa y sacrificada.

Música y cocina italiana para mitigar la pena. Árnica y formica.

Jarras de té helado y el moño bien hecho para que el deseo quede contenido y a los pies no les dé por volver a esos puentes y salirse del pueblo, de ese y del siguiente y del siguiente, para empezar a correr descalza tras los pasos de Robert.

No. Francesca no lo hará. La mosquitera y las ferias de ganado siguen teniendo su espacio, son marcas de aceite en la sartén después de freír tomate. Anillos de Saturno mediterráneos.

El calor se siente de otra manera desde entonces. El sudor allí es otra cosa.

Hace años que se escondió por última vez detrás de la cortina para mirarlo. Para que se le esfumara el rubor de las mejillas.

Francesca escribe a ratos, para ser libre y recordarse. Con los ojos abiertos a la luz de la vela en esa mesita que reina en la cocina. A veces sus brazos se quedan pegados al hule amarillo. Otras da una cabezada, justo cuando ha rememorado un instante dulce. Entonces, para retenerlo, cierra los ojos, bloquea las pupilas. Se queda allí un rato. Allí. Donde todo es ámbar y el ritmo de las cosas, de la carne y las palabras, es espontáneo. Verdadero.

Ahora la que escribe soy yo, pensando en mí, Mara.

Te imagino mayor. Con una cerveza en la mano, sentada en mi cama, con mi silueta marcada después de tantos años. Lo más parecido a mí cuando deje de estar.

Cosas de madre peliculera. Puede que nunca abras este cuaderno y, si lo haces, lo harás de otra manera. En otro lugar o en más de uno.

Leerlo de corrido no te vendrá bien. Te parecería una sobrada mía, un «¿ves como sí me pasaba algo?». Te enfadarías y sacarías esa mirada tuya de asesina en serie sin saber adónde dirigirla. Haz lo que quieras. Yo lo estoy haciendo. Es un diario sin instrucciones. Y es tuyo.

Vuelvo a mí.

Con el pelo corto me cuesta mantener a raya los miedos. Aun así, he decidido alternar una diadema y un par de horquillas para crear esa cota de malla que me proteja y no me permita flaquear. Ahora no.

Ahora lo que hago es poner a medio volumen un vinilo de Ella Fitzgerald porque necesito sentir su voz respirar, gastada entre los surcos de esta noche y la aguja del tocadiscos. Perfecta en la imperfección de las máquinas y el tiempo.

Estoy descalza y toco mis letras como si fueran braille. Un baño de conciencia y de valor.

Una forma de tender un puente dentro de mí misma.

Tan cálido y efímero como los de Madison.

Sé que no lo entenderás, aunque hayas visto la película.

Siempre te he parecido una nostálgica.

Pero ¿cómo no echar de menos lo que pudo ser?

[autoconciencia]

El austriaco Kurt Gödel publicó en 1931 el teorema de la incompletitud, al terminar su doctorado en la Universidad de Viena. En él defendía que en cualquier sistema matemático en el que no se encuentren contradicciones no se podrá refutar la verdad o falsedad de sus enunciados. Gödel eliminó la idea de las matemáticas como algo demostrable y las convirtió en un sistema paradójico. Esta nueva visión fue lo que permitió a Alan Turing inventar una máquina capaz de descifrar Enigma, el código de comunicación creado por los alemanes durante la Segunda Guerra Mundial y que fue el germen de los ordenadores.

Gödel aportó humanidad al concepto de la lógica y de las matemáticas al considerar que el hombre, al estar vinculado a las contradicciones, es capaz de llegar a conclusiones a las que jamás podrá llegar una máquina, por sofisticada que esta sea.

Desde pequeño, Gödel tenía un apodo muy representativo; sus padres lo llamaban «Señor Por Qué», porque todo le interesaba. Los idiomas, las religiones, las ciencias en general. Era una mente pensante.

Cuando Hitler se instala en el poder, Gödel abandona Alemania para irse a vivir a Estados Unidos, donde conocerá a Albert Einstein. En Princeton se lo consideraba el filósofo más importante desde Aristóteles, capaz de transformar el concepto que se tenía hasta entonces de la mente humana.

La amistad entre Einstein y Gödel surgió casi inmediatamente al tener muchos puntos en común: ambos escaparon del Tercer Reich, ambos estaban en contra de la teoría cuántica y, en tercer lugar, ambos habían contribuido a una nueva forma de entender la física. En el caso del alemán, con la elaboración de la teoría de la relatividad; y en el caso del austriaco, con el teorema de la incompletitud que podía resumirse en que nunca podremos estar seguros de que 1 no es igual a 0. Porque, según él, «siempre habrá más verdades de las que podamos probar». Por eso se valió de las matemáticas para explicar que las matemáticas no pueden explicar todas las matemáticas. No es un juego de palabras. Es una paradoja de las muchas que compartió. Como este diario, que es perfecto porque siempre estará incompleto y te resultará contradictorio.

Espejismo

Cuando te colocas delante de un espejo, te ves. Te ven, pero encuentras y muestras solo una parte de ti. Una silueta, un rostro, una expresión y un sentido que resume o camufla otros porque esa imagen responde a un momento. No eres tú.

No depende de la cantidad de tiempo que estemos mirando. Cada instante mutamos aunque pensemos que seguimos parpadeando igual, con los pies colocados sobre el mismo punto y la barbilla erguida intentando encontrarnos, reconocernos dentro de ese marco que nos devuelve un resumen superficial de nosotros.

Escribiendo estas páginas me he puesto tras el espejo, he tocado su espalda opaca y he sacado aquello que no cabe en el golpe de vista. Me he trazado, he recuperado señas de identidad y las he ido definiendo desde esa sombra para que, al ponerme de nuevo al otro lado y mirar, surja la verdadera visión de lo que soy. Esta. Una silueta compuesta de varias líneas superpuestas que terminan en una más sólida, quizá no tan armónica ni bonita.

En este yo rescatado hay partes irregulares y minúsculas que parecen muescas de polvo de cristal, un conteo de dudas. Pero no lo son. Soy yo en esas partículas que parecen ensuciar el conjunto. Más yo si cabe. He necesitado dar muchos pasos, ir y volver tantas veces como han sido necesarias para continuar siendo lo que era, mutando a ratos para coger aire, para volver a tensar el cable que siempre hay bajo el suelo y bajo todos los elementos que parecen sólidos.

He vuelto a ver la primera temporada de *True Detective*. Sigue maravillándome cómo valora la realidad (y a sí mismo) el personaje de Rust Cohle. Me conmueve esa insignificante lente de espejo que solo es capaz de captar un ojo. Solo uno. Rust se mira en él porque no necesita más espacio para calibrar cómo lleva su batalla para hacer que la luz pueda con la oscuridad aunque esté en inferioridad de condiciones. Basta mirar el cielo por la noche y su proporción de estrellas para entender la dimensión de ambas realidades.

Basta con no dejar un caso hasta que esté resuelto y el asesino aparezca. Basta con reconocer que el tiempo es horizontal, que nos pasamos la vida creyendo que hacemos cosas distintas cuando en realidad saldamos cuentas una y otra vez, hacemos lo mismo: intentar decir no a la oscuridad que nos llama, intentar aceptar que no estamos donde deberíamos; pero por el simple hecho de estar hay que pelear para aceptarlo y hacer digna y nuestra esa condición. Por eso a Rust le basta esa lente colgada en la pared para verse retado y perseverar.

Con esa misma idea, he rascado la parte trasera del espejo hasta pulirme. Quizá quien mire lo que aparece nítido no encuentre parecido alguno conmigo. Me da igual. Quizá tú tampoco me veas así, aunque creo que me entenderás más de lo que me has comprendido hasta ahora. Eso ya supone un acercamiento entre las dos desde otro ángulo. Al ser íntimo lo hace más interesante. Rompe los márgenes que me habías puesto. Lo que más me conforta es que me reconozco en esa imagen salida del subconsciente del espejo, que he excavado con mis manos, sin ponerme límites y jugar en mi contra.

He llegado al final, Mara, de este vaciado de papel que me ha permitido revelarte y compartir contigo algunas cosas.

Algo me dice que puede ser un comienzo para ti respecto a mí. Si algún día decides leerlo y eres capaz de sentir el peso del pasado (y de mis notas) como luz, no como un peso.

Esta edición
de *Diario de una madre
que perdió su nombre* se terminó
de imprimir en Madrid el 9 de mayo
de 2024, aniversario de la primera
impresión de *La luna no está*, de
Nathan Filer, en 2013.